글을 쓸 결심

글을 쓸 결심

왜 쓸까?

어떻게

써야 할까?

신혜연 지음

책폴

프롤로그

나를 돌아보고, 돌보는 글쓰기

‘글을 잘 쓰고 싶어요.’ ‘문자 하나 쓰는 데도 스트레스 받아요.’ ‘카톡을 보내기만 하면 오해가 생겨요.’

처음 만나는 사람에게 내가 세 권의 책을 냈다고 하면 대부분 ‘글 쓰는 일’에 대한 스트레스부터 토로한다. 글쓰기가 모든 사람에게 쉬운 일은 아니다. 자신의 평생 업으로 삼은 사람도, 취미로 끄적거리는 사람도 ‘글쓰기’란 단어 앞에서는 살짝 몸을 움츠리게 된다.

어떻게 하면 글을 편하게 쓰고, 술술 잘 읽히게 쓸 수 있을까? 글쓰기가 두렵지 않으려면 어떻게 해야 할까? 작가들은 어떻게 그렇게 글을 잘 쓸까? 서점에 가서 수많은 책 사이에 서 있을 때면 누구나 그런 생각을 하고, 술술 읽히는 책을 쓰는 나를 꿈꾸게 된다.

시작은 그랬다. 글 쓰는 법을 이야기해보자. 소설가나 시인 같은 전문작가가 되려는 사람들에게 세계적인 명작을 쓰는 방법을 알려주자는 건 아니다. 그건 나도 모른다. 내 친구와 동료, 후배들이 뭔가 글로 의견을 내야 하는데 백지를 앞에 두고 눈앞이 막막할 때 내 경험에 빗대어 문장의 물꼬를 트는 마중물을 만들어보자.

막상 책을 준비하면서 세 가지 질문이 계속 내 머릿속을 떠나지 않았다. '나는 왜 글을 쓰는가? 글을 잘 쓰려면 어떻게 해야 하는가? AI가 숙제도 해주고, 소설도 써주는 시대에 굳이 글쓰기에 대해 이야기하는 게 의미가 있을까?'

오랜 고민을 통해 얻은 결론은, 글쓰기란 독서, 필사, 다양한 경험을 통해 내 생각을 체계적으로 정리해서 글로 표현하는 것이다. 살면서 매일매일 생각을 정리하는 시간이 필요한데 그 정리를 할 때 글쓰기가 참 유용하다. 머릿속이 수만 가지 생각으로 복잡할 때 그 생각들을 하나하나 글로 옮기다 보면 어느 순간 실마리가 보이기도 하고, 생각들이 연결되기도 하고, 그사이에 잊고 있던 어떤 생각이 떠오르면서 머릿속이 훤하게 정리되기도 한다. 그렇게 적어놓은 글들은 하나하나 쌓여 나의 이야기가 되고, 나의 역사가 된다. 생각이 정리되어 글로 나타나다 보니 글을 쓰는 과정 자체가 나를 돌아보는 시간이 되고, 내 영혼을 돌보는 시간이 된다.

이 책에서는 글을 쓰기 위한 동기 유발, 습관 들이기, 글감 찾기, 구성 방법, 효율적인 글쓰기, 퇴고하는 방법 등 내가 경험한 것, 책에서 읽은 것, 남에게 들은 것들을 최대한 끌어들여 글을 쉽게 쓸 수 있는 방법을 설명했다.

글쓰기는 목숨을 건 외줄타기가 아니다. 두려워할 필요가 없다. 각자의 문법에 맞춰 내 생각을, 나를 표현하는 즐거운 활동이다. 쉬운 것부터 하나하나, 꾸준히 쓰다 보면 자신만의 글쓰기 근육이 단단해지는 것을 확인할 수 있을 것이다.

복잡다단한 세상을 살면서 '나'라는 사람이 누구이고, 어떻게 살아갈지 막막하고 외로운 순간에 한 줄 두 줄 마음을 표현하는 글을 써보자.

이 책을 쓰는 내 마음이 잘 전해져서 그대가 글을 쓰는 게 좀더 편해지면 좋겠다. 글쓰기를 통해 '나'를 돌아보고, '내 자리'를 확인하고, '내 안의 나'에게 손을 내미는 시간이 늘어난다면, 난 참 좋겠다.

목차

쓰고 나서

에필로그

쓰기 전에

글쓰기는 목숨을 건 외줄타기가 아니다.
누구든 쓸 수 있다. 처음엔 서툴겠지만 자신감을 갖고
내 생각을 정리하는 글을 써보자. 내 생각이 글을 만들고,
그 글이 나를 돌보게 될 것이다.

왜 쓰는가?

•

나만의 글쓰기 VS 남과의 글쓰기

트위터나 페이스북에 글을 올리기 시작하면서 지인들로부터 글을 읽기 쉽게 쓴다는 말을 자주 들었다. 처음에는 글 쓰는 일을 오래 했으니 당연하지 싶어서 고맙다 하고 넘겼는데, 점차 주변 사람들이 "나도 글을 잘 쓰고 싶다"며 방법을 묻는 횟수가 잦아졌다.

나야 직업이라서 글을 써왔으니 글 쓰는 게 당연하지만 꼭 필요하지도 않아 보이는데 "글을 왜 쓰고 싶냐?" 물으면 그 이유가 참 다양했다. 자신의 생각을 정확히 전달하고 싶은데 생각처럼 안 된다, 글을 잘 써서 자기 생각에 공감을 얻고 싶다, 글을 쓸 때마다 너무 힘들어서 좀 쉽게 쓰고 싶다는 절실한 필요성도 있고, 사람들로부터 글 잘 쓴다는 칭찬을 듣고 싶다는 솔직한 이유도 있었다.

글을 쓰는 이유는 크게 두 가지로 나뉜다. 나만의 글쓰기와 남과의 글쓰기. 나만의 글쓰기란 일기처럼 굳이 누구에게 보일 일은 없지만 내 일상을 기록하고 생각을 정리하기 위해 글을 쓰는 것이고, 남과의 글쓰기란 문자, 편지, 보고서, 독후감, 에세이, 소설 등 남이 읽을 것을 고려하고 글을 쓰는 것이다.

글을 잘 쓰려면 남과의 글쓰기보다 나만의 글쓰기가 더 중요하고, 우선해야 한다고 본다. 나만의 글쓰기는 아무도 보지 않는다는 전제가 있기에 시작하기가 쉽고, 솔직하게 쓸 수 있기 때문이다.

먼저 정해 놓은 주제에 대해 머릿속에 있는 정보들을 정리하고, 궁금증이 생기는 부분을 해결할 방법을 생각하고, 그렇게 정리된 내용들을 창의력을 발휘해 글로 기록한다. 쓰기는 우리 몸의 활동 중에서도 가장 고난도인 두뇌활동 중 측두엽의 해마가 수행한 학습과 기억 기능을 바탕으로 전두엽의 언어 발성과 측두엽의 언어 이해 기능이 작동해서 이뤄내는 총체적 사고의 결과물이라고 들었다. 논리적인 사고를 하고 문제를 해결하는 좌뇌와 창의력을 발휘하는 우뇌가 균형을 유지하며 조화를 이룰수록 좋은 글이 나온다.

조용한 공간에서 자리에 앉아 손으로 글씨를 쓰든, 타자기로 치든 내가 하고 싶은 이야기를 글로 적다 보면 내 머릿속이, 내 마음속이 하나하나 정리가 되고, 쓴 글을 읽고 고치면서 내가 하고 싶은 이야기가 정확히 무엇이었는지를 눈으로 확인할 수 있다. 그때 내 마음이 이랬구나, 내가 이렇게 행동했으면 결과가 바뀔 수도 있었겠구나, 그래도 이건 내가 참 잘했네 등 객관적 입장에서 나를 바라볼 수 있게 된다. 온전히 글쓰기만으로 마음이 평안해지면서 내가 나를 위로해 주는 순간이 된다. 참된 나를 발견할 수도 있으니 글쓰기의 순기능은 의외로 꽤 많다.

나만의 글쓰기가 편해지면 남과의 글쓰기로 넘어간다. 나만의 글쓰기에서 만족하고 머물 수도 있겠지만 나의 발전적 미래를 위해서는 남과의 글쓰기로 문지방을 넘어서는 용기를 내는 게 좋다.

○

나를 위로하고, 나를 보여주는 글쓰기

학창시절에 선생님이 한 명씩 불러내서 발표를 시키는 시간을 기억할 것이다. 자신 있는 과목의 발표는 그리 어렵지 않은데, 못하는 과목의 발표는 그야말로 고역이다. 나는 수학 시간에 칠판에 풀이법을 쓰고, 그것을 친구들에게 설명하는 시간이 정말 싫었다. 나도 모르는 걸 어떻게 설명하느냐고! 하지만 우여곡절 끝에 발표를 하고 나면 그 문제를 다시 틀리는 일이 없었다.

내가 아는 것을 다른 사람들에게 말로 전달할 때 내가 제대로 알지 못하면 말이 중언부언하고, 앞뒤가 안 맞고, 중간에서 얼버무리게 된다. 역으로 내가 무언가를 잘 알고 싶으면 다른 사람 앞에서 내가 아는 것들을 말로 하고, 남이 보는 글로 써보는 방법이 가장 좋다. 여기서 중요한 것은 결과보다는 과정이다. 결과에 이르기까지 수많은 자기 검증의 과정을 거쳐야 하기 때문이다. 그 과정을 통해 거르고 또 거르다 보면 가장 좋은 것만 남는다.

그런 글은 문자든, SNS에 올리는 글이든, 에세이든 쉽고 잘 읽히게 써야 한다. 그러려면 문장이 짧고 명확한 게 좋다. 문장을 짧게 하고, 단락을 나누고 제목과 소제목을 붙여서, 읽는 사람의 눈을 편하게 해주는 센스가 필요하다. 거기에 평소에 스크랩했던 좋은 문장이나 적절한 에피소드를 넣기도 하고, 작은 실수가 큰 깨우침을 주었던 경험 등을 보태 겸손하고 긍정적인 태도를 견지한다. 글을 쓰고 나면 주어와 동사가 서로 맞는지, 팩트가 틀린 것은 없는지 확인한 후에 손을 뗀다. 그렇게 해야 친절한 글이 된다.

내가 이런 생각을 하고 있다는 것을 나만의 글쓰기를 통해 스스로 정리하고 위안을 얻고, 남과의 글쓰기를 통해 남들과 공유하고, 공감을 얻으며 나의 자존감을 회복할 수 있고, 사회적으로 선한 영향력을 행사할 수도 있다. 지금부터 바로 글이란 걸 쓰고 싶지 않은가?

그런데 막상 글을 쓰려니 할 말은 많고, 무엇부터 시작해야 할지 모르겠다고? <쓰기의 감각Bird by Bird>을 쓴 앤 라모트Anne Lamott의 아버지가 개학 직전에 '조류도감 방학숙제'가 잔뜩 밀려 고민하던 앤의 오빠에게 이렇게 말했다고 한다. "하나씩 하나씩. 새 한 마리 한 마리 차근차근 처리하면 돼." 앤은 글쓰기 책의 제목을 그것으로 정했다. '새 한 마리씩Bird by Bird'. 우리도 이제부터 하나씩 차근차근 해결하면서 쓰면 된다.

모쪼록 글쓰기란 즐거운 것이어야 한다. 내 마음을 들여다 보고, 내 생각에 공감을 얻기 위해 글을 써보자. 쉽고, 짧게, 천천히 쓰다 보면 글쓰기의 스트레스에서 점차 벗어날 수 있을 것이다.

쓰는 사람

●

누구든 쓸 수 있다

국문과를 나왔다고 하면 대부분 글을 잘 쓸 거라고 생각한다. 당연히 시인이나 소설가의 꿈을 갖고 있을 거라고 짐작한다. 하지만 그건 아니었다. 고등학교 때 '청산별곡' '가시리' 등의 고려가요 공부가 재미있어서 국문과에 갔을 뿐, 50세가 넘을 때까지 내가 쓴 글이 책으로 나올 거라고는 한번도 생각해본 적이 없다.

<머니 볼><빅 쇼트>를 쓴 마이클 루이스Michael Lewis가 버클리 대학 좌담회에서 "학창 시절, 작가가 되고 싶다던 친구들 중에 실제로 작가가 된 경우는 별로 없고, 대신 '글쓰기'를 좋아하던 친구들 중에는 작가가 된 사람이 많다"고 했다는데, 우리 과 동기들도 마찬가지라 국문과 재학 시에는 문학, 어

학, 비평, 창작, 교육 등으로 분야를 나눠 공부했고, 졸업 후 진로도 각양각색이다.

졸업한 지 30년이 훌쩍 넘은 시점에서 보면 시인이나 소설가로 등단한 친구는 10% 미만이고, 에세이나 전공 관련 전문서를 출판한 친구는 30% 정도 된다. 그 외의 친구들은 교직에 있거나 논술학원을 운영하기도 하고, 방송국이나 일반 회사에서 일한 경우가 많았다. 창작의 꿈을 가진 이들은 문예창작과로 더 많이 갔다.

내 글을 쓰고 안 쓰는 것과 관련 없이 국문과나 문예창작과 지망생들은 공통점이 있긴 하다. 남들보다 더 많이, 더 진지하게 책을 좋아한다는 것이다. 어린 시절부터 책을 자주 읽으면서 책을 좋아하게 되었고, 자라면서 소소한 사건들을 통해 남들보다 좀 더 굵은 인연이 생긴 경우가 많다. 서점의 고객 관련 통계를 보면 작가나 출판 관련 일을 하는 직종의 고객들이 매출의 최상위층을 차지한다. 책을 많이 보는 사람이 글을 많이 쓴다는 증거이기도 하니 전공을 마냥 무시할 수는 없다.

그렇다고 세상의 모든 작가가 국문과나 문예창작과를 나온 건 아니니 글쓰기라는 장르는 어찌 보면 의사나 패션 디자이너처럼 오랫동안 누군가에게 관련 지식을 배워야 하는 게 아니라 부단히 읽고 쓰다 보면 전공과 관련 없이 누구든 도전해볼 만한 분야이긴 하다. 요리나 노래, 그림처럼 누구든 마음만 먹으면 쉽게 시작할 수 있는 분야니 이른바 진입장벽이 낮은 직업이라 할 수 있겠다.

○

어떻게, 얼마나 잘 쓸 것인가?

문제는 쓰는 건 누구든지 쓸 수 있지만 어떻게 쓰고, 얼마나 잘 쓸 것인가에 달려 있다. 취미란에 독서나 음악감상이라고 과감하게 써넣는 것은 그 수준에 대한 평가가 어렵기 때문인데, 글은 좀 다르다. 어딘가에 글이 올라가면 말은 안해도 각자 마음 속으로는 평론가의 잣대로 글의 내용과 솜씨에 대해서 평가하곤 한다. 영국 드라마 <브리저튼 Bridgerton>에서 '레이디 휘슬다운' 뉴스레터를 발행하는 레이디 휘슬다운이 뉴스레터에 실린 글에 대한 비판을 심하게 받고 나서 "생사를 떠나 가장 고약한 여인은 글을 쓰는 여인이라 했습니다. 내 팔자가 얼마나 고약한지 보여줘야겠네요"라며 다시 전의를 다지고 뉴스레터에 실을 글을 계속 쓰겠다고 하는 장면이 있다.

여성이 글을 쓰는 것 자체를 용납하지 않던 19세기 초의 사회 분위기에 저항하는 결의를 보여주는 것이라 통쾌하다고 생각하며 보았다. 하지만 글 쓰는 사람의 팔자가 편치 않은 건 예나 지금이나, 남자나 여자나 다름없다는 생각이 들어 조금 씁쓸했다.

아무것도 없는 백지 상태에서 출발해 기쁨과 눈물을 끌어내는 결론에 이르기까지 수많은 책을 읽고, 사색의 시간을 거치고, 자신과 세상을 관찰하며 쓰고 또 쓰는, 절치부심의 시간을 거쳐야 하는 게 글쓰기라는 걸 알면서도 그 일을 하는 이유는 집중의 시간이 가져오는 열매가 실하다는 것을 알기 때문이다.

"나는 전적으로 내가 생각하고, 본 것들이 무엇을 의미하는지 알기 위해 글을 쓴다"는 조앤 디디온Joan Didion의 말처럼 글이란 내가 생각한 것, 쓰고 싶은 것을 쓰는 것이다. 베르나르 베르베르Bernard Werber 역시 "글을 쓰는 건 나와 대화하는 것이다. 내가 어떤 생각을 하고, 나는 누구인가를 끊임없이 사유하는 과정이다. 살면서 이 질문을 스스로에게 충분히 하지 않으면 자신의 생각이 멈추고 타인의 시각에 휘둘리게 된다"며 글쓰기가 나의 정체성과 얼마나 관련이 깊은지를 강조했다. 또 "자기 내면의 소리를 표현하는 글쓰기란 즐거운 일이고, 그 일을 하는 행위 자체가 즐거우면 어떤 글이건 의미가 있다"고도 했다.

정신건강의학과 전문의인 오은영 박사는 스트레스를 받을 때 글을 쓰면서 스트레스를 해소한다고 토로하기도 했다. 복잡다단한 세상을 살다가 책상 앞에 앉아 글을 쓰기 시작하면 일순간에 주변의 소음이 들리지 않고, 내 생각에 집중하게 된다. 그동안 갈팡질팡했던 생각들이 글로 옮겨지면서 차곡차곡 정리되고, 그 과정에서 논리적 검증을 거치면서 나만의 의견이 생긴다. 그것만으로도 글을 쓸 이유는 충분하다.

○

글을 쓰는 것은 나와 대화하는 것

그렇게 쓴 글이 세상에 나갔을 때 공감과 반향을 불러일으키며 내가 옳다고 생각한 일이 인정을 받기도 한다. 글 하나를 완성했다고 그에 준하는 합당한 경제적 보상이 있는 것은 아니지만(유명 작가를 제외하고 국내 원고료는 작가가 들인 노력에 비하면 정말 푼돈 수준이라는 걸 의외로 많은 사람이 모른다). 그 부분은 '열심히'도 필요하고 '재능'도 있어야 하고, '운'도 작용해야 겨우 가능한 일이다. 내가 쓰고 싶어서 쓰는 것이니 경제적 보상은 뒷전이다.

쓰는 일 자체가 고단하긴 해도, 그 과정이 보람차고, 쓴 글을 읽었을 때 뿌듯함과 즐거움이 샘솟으면 그나마 다행이다. 대부분의 경우 고뇌로 가득 찬 3박 4일의 노고 끝에 완성한 원고를 읽다가 부끄러워져서 누구에게도 보여주지 못하고 바로 전체 삭제를 눌러버렸다고 고백하는 이들도 많다.

> "책을 쓰는 사람은 주위에 있는 다른 사람들과 항상 떨어져 있을 필요가 있다. 그것이 바로 고독이다. 그것이 저자의 고독이고, 쓰기의 고독이다."
>
> -마르그리트 뒤라스

내가 쓴 글이 괜찮을지 어떨지 판단은 읽는 사람에게 달려 있다. 심리학 용어 중에 '더닝 크루거 효과Dunning Kruger Effect'라는 게 있다. 능력이 없는 사람은 자신의 실력을 실제보다 높게 평가하는 반면, 능력이 있는 사람은 오히려 자신의 실력을 과소평가한다는 것. 내가 내 생각을 잘 정리해서 진솔하게 썼다면 내 글에 자신감을 가질 필요가 있다. 해보지도 않고 지레 내 능력을 과소평가할 필요는 없다.

나 역시 가끔 글에 대한 자신감이 떨어질 때가 있는데 그럴 때 희망을 주는 글이 있다. 김영민 교수의《인생의 허무를 어떻게 할 것인가》에서 뽑은 글을 옮긴다.

'청나라의 학자 왕희손汪喜孫은 자신들이 후대 사람의 모범이 되고자 글을 남기는 게 아니라 훗날 사람들이 자신들의 못난 글을 보고서, '나는 이렇게 멍청한 소리를 하지 말아야지'라고 경각심을 갖기라도 했으면 좋겠다는 것. 글 쓰는 사람은 용기를 가져도 좋다. 못난 글은 못난 글대로 누군가의 타산지석他山之石이 될 수 있으므로. 이렇게 자신을 이해해줄 독자를 상상하고 글을 쓰는 한, 시간을 뛰어넘어 필자와 독자 사이에 '상상의 공동체'가 생겨난다.'

잘 쓰면 잘 쓴 대로, 못 쓰면 못 쓴 대로 타산지석이 된다면 지레 겁먹고 몸을 사릴 게 아니라 일단 용기를 내서 자유롭게 글을 써보는 편이 좋지 않을까?

무엇을 쓸까

•

내가 많이 알고, 잘 하는 걸 쓴다

북 토크에서 자주 나오는 질문 중 하나는 "나도 책을 낼 수 있을까요?" "글을 잘 쓰려면 어떻게 해야 하나요?"이다. 나의 대답은 "그럼요. 누구든 책을 낼 수 있고 글을 잘 쓸 수 있습니다. 단, 내가 많이 알고, 잘 하는 걸 쓰세요."

어르신들 모여 있는 자리에 가면 늘 이야기를 이끌어가는 한두 분이 계시는데, 마무리는 한결같이 "이제 고만 해야지. 나 살아온 얘기, 책으로 엮으면 소설 책 열 권으로도 모자라." 하면서 자리에서 일어나신다. 그런데 이런 자서전적인 얘기들은 간혹 특이한 경우도 있지만 대부분 비슷비슷한 구석이 있다. 살면서 사랑, 재산, 건강, 인간관계 등으로 한 번도 갈등을 겪지 않은 이가 어디 있고, 기상천외한 이야기를 목도하거나 상상해보지 않은 이가 어디 있을까? 그런 사람들의 이야기를 들으며 분기탱천하기도 하고, 감동의 눈물을 흘린 적도 많을 것이다.

그럼에도 불구하고 온 세상 사람들이 글을 쓰고, 책을 내지는 않는다. 글을 쓴다는 것은 내가 어떤 이야기를 기승전결의 구성에 따라 주도적으로 끌고 가는 것이다. 교과서에서 배웠듯이 1인칭 시점에서 주인공으로 내 이야기를 쓰거나, 3인칭 전지적 시점에서 남의 이야기를 쓰는 식으로 주어부터 시작해서 내가 그 문장을 책임지고 끌고 나가야 한다.

책임을 진다는 것은 내가 그 일에 대한 의무와 권리가 있다는 것이니 그 일에 대해 잘 알고 있다는 것을 기본 전제로 한다. 일의 시작부터 끝까지 직접 경험해봤거나 그 일에 대한 공부나 생각을 많이 해서 그 일에 대해서 잘 알고 있다면 글쓰기는 비교적 쉬워진다. 평생 아이 키우고 살림만 하며 산 언니에게 '현대미술'에 대해서 글을 쓰라고 하면 헛소리한다며 들은 척도 안 하지만 '살림'이나 '육아'에 대한 실용적인 글을 쓰라면 "한번 해볼까?" 하며 눈동자가 반짝이는 걸 봐도 그렇다.

○

내 이야기가 가장 쉽다

일반적으로 내가 남보다 더 많이 아는 것의 첫 번째는 내 인생이다. 내가 살아온 이야기를 나보다 잘 아는 사람은 없다. 지인 중 한 분이 급하게 자서전을 내야 할 일이 생겨서 주변 사람들이 모두 걱정했는데 보름 만에 책이 나왔다고 해서 놀란 적이 있다. 태어나서 자라고 경험한 일들을 말로 하면 글로 옮겨주는 어플을 이용했다고 한다. 얼마 전에 자신의 이력서를 꼼꼼히 정리할 일이 있어서 그때 이런저런 에피소드들을 떠올린 적이 있는데 그게 큰 도움이 되었고, 무엇보다 소설이나 에세이가 아니라 내 이야기를 쓰는 자서전이라서 책 출판이 가능했다고.

글쓰기의 첫걸음이 내 이야기라는 건 당연하면서도 중요하다. 많은 작가가 내 이야기를 쓰려면 유년시절의 기억부터 시작하라고 권한다. 생일, 여행, 가족, 친구 이야기로 시작하라고. '추억'이라는 단어를 머금으면 웬만한 일은 다 써도 된다. 단, 이름은 다른 것으로 바꾸고, 추정할 수 있는 구체적 특징은 언급하지 않는 게 안전하다. 자, 지피지기면 백전백승이라. 우선 나를 알아보자. 나는 누구일까? 나는 어떤 사람일까?

먼저 큰 종이에 이력서를 쓴다. 여백을 넉넉히 두면서 이름, 주소, 가족, 학력, 경력을 쓴다. 다음은 어디서 태어났고, 부모님은 어떤 분이셨고, 형제자매들은 어땠고, 어떤 학교와 직장을 다녔는지, (결혼했다면) 배우자와 아이들에 대해서도 써본다. 이 단계에서 당시의 취미, 특기, 기억나는 선생님과 친구들 이름도 쓴다. 그 단어에서 연상되는 단어들을 두어 개씩 더 쓴다. 마지막으로 그 단어들 중 마음이 닿는 단어들에 형광펜이나 동그라미 표시를 해서 도드라지게 한다.

두 번째는 내가 어떤 사람인지 확인하는 것. 다른 종이를 꺼내 반을 접어서 한쪽 위에는 '내가 좋아하는 것', 다른 쪽 위에는 '내가 싫어하는 것' 이라고 쓴다. 노래, 가수, 색깔, 날씨, 물건, 공간, 책, 작가, 화가, 운동, 지역, 음식, 향기, 옷, 식물, 동물 등 카테고리를 정해놓고 쓰거나 떠오르는 대로 써도 좋다. 나의 취향을 확인해보는 건데, 좋아하는 것보다 싫어하는 것에서 내 취향이 더 잘 나타나기도 한다. 역시 그 단어들 중 마음이 닿는 단어들에 형광펜 등으로 표시한다.

세 번째는 내가 잘 할 수 있는 것을 써본다. 예전에 어디에서 상을 받았다, 두 명 이상의 사람에게서 "OO을 잘 한다"고 칭찬을 받았다, 그 분야에 대해서라면 10분 이상 이야기를 할 수 있다 등 그런 것들을 나열해본다. 떠오르는 것이 없을 때는 잘하고 싶은 것을 써본다. 마찬가지로 내가 정말 못하는 것, 하기 싫은 것도 써본다. 그렇게 해서 나온 단어들 중 마음이 닿는 단어들에 형광펜을 사용한다.

○

나만의 키워드 찾기

세 장의 종이가 완성되면 그 종이에서 형광펜으로 표시된 것들을 다른 새 종이에 옮겨 적는다. 이 과정에서 내가 이런 인생을 살았구나, 이런 걸 좋아하고 싫어하는구나, 이런 분야에 관심이 많았구나 등을 확인하게 된다.

여기에서 한 단계 더 나아가 단어들에 우선 순위를 부여하는 방법도 있다. 내가 하고 싶은 이야기가 많은 단어에 1부터 10까지 숫자를 붙인다. 남들이 궁금해하고 듣고 싶어 할 이야기가 많은 단어에 A부터 J까지 알파벳을 붙인다. 알파벳과 숫자가 겹친 단어가 있는가? 그게 가장 좋은 출발점이다. 하나도 겹친 것이 없다면 내가 하고 싶은 이야기에만 주목하면 된다.

1부터 10까지 단어를 메모지 또는 스마트폰 메모에 써놓고 다니면서 일주일 정도 수시로 꺼내서 떠오르는 생각들을 단어별로 메모한다. 일주일 후 메모가 가장 많은 단어가 나의 첫 번째 주제이다. 이 과정에서 단어들 중 어울리는 것들 또는 안 어울리는 것들을 두어 개씩 조합해볼 수도 있다. 단어 하나만 붙들고 있을 때보다 훨씬 다양한 이야기가 펼쳐질 것이다.

미술심리교육을 할 때도 글쓰기 과정이 있다. 그때 '오늘 날씨는' '어제의 기쁜 일' '눈에 띄는 과일' 등 일반적인 키워드를 제시하면 아무것도 없는 백지만 주었을 때보다 참가자들이 부담없이 글쓰기를 시작하는 것을 볼 수 있다.

개성 있는 글쓰기

●

내가 가는 곳이 길이다

딸이 어렸을 때 컴퓨터를 열심히 들여다보고 있기에 "뭐 재밌는 거 있냐?"고 물으니 '귀여니'란 작가의 웹소설이라며 재미있다고 보여주었다. 그걸 보고 실소가 나왔다.

"ㄲㅑㅇㅏㅇㅏ!!!!!!!!!!" / 지은성은 더 놀란듯했다…
ㅇ_ㅇ☜이런눈으로 나를 바라보았다... /
엉엉엉..ㅜㅜ난 주그따..ㅜㅜ

"이게 무슨 소설이야. 내용도 하나 없고, 맞춤법도 엉망이고, 띄어쓰기도 할 줄 모르는 사람이 무슨 작가라고. 이름도 귀연도 아니고 귀여니가 뭐야? 이런 웃긴 거 말고 다른 거 봐."

딸은 친구들도 다 재미있게 본다며 엄마가 애들 트렌드

를 모른다고 입술을 삐죽 내밀고 문을 닫아버렸다. 나도 학창시절에 문고판 로맨스소설을 꽤 읽었지만 교정을 거친 검증된 출판물들이었기에 이런 문법 파괴적 소설이 아이들 사이에 인기가 있다는 사실이 기가 막혔다. 이걸 보고 애들이 뭘 배울까 하면서 혼자 한숨을 푹푹 쉬었다. 나뿐 아니라 출판 쪽에서는 극심한 한글 파괴나 이모티콘의 무분별한 사용에 대해 어차피 기존 출판시장과는 결이 다른 인터넷 소설이니 평가할 가치도 없다고 살짝 무시하는 상황이었다.

그 일이 있고 몇 년 안 되어 귀여니 작가의 소설이 영화로 제작되었고, 캐스팅도 송승헌, 강동원 수준이라는 뉴스를 보고 기겁할 수밖에 없었다. 아니, 이런 말도 안 되는 웹소설을 영화로 만든다고? 서점에 가면 수백만 권의 소설책이 있는데 영화로 만들 거리가 그렇게 없나? 하며 잠시 흥분하기도 했다. 하지만 <늑대의 유혹>이 2백만 관객을 모으면서 귀여니 작가의 영화들은 흥행에도 성공했고, 몇 장면은 불멸의 '짤'이 되어 수시로 내 눈앞에 등장한다. 나중에 나도 영화를 봤는데… 재미있더라.

영화에는 이모티콘도, 틀린 맞춤법도 등장하지 않는다. 나는 문학작품과 영화를 한 잣대로 재려 했던 것이다. 영화나 드라마에서 중요한 건 스토리의 흥미로움이지, 문장의 완성도나 맞춤법은 별 문제가 안 된다. 시대적 트렌드도 빠질 수 없는 요소다. 기존 소설의 문법으로는 범접할 수 없는 최신 감각의 번뜩이는 기지와 발랄한 재치로 가득한 시나리오에서 0.1%도 의미가 없을 맞춤법이 틀렸다고 빨간 펜을 흔들며 웹소설을 재단했던 나의 융통성 없는 안목이 부끄러웠다.

○

'장르문학'이라는 장르

드라마 <미생>을 아주 재미있게 보았다. 원작이 웹툰이라고 해서 깜짝 놀랐다. 학창시절 종례시간마다 '만화 가게에 가지 마라'는 선생님 말씀을 곧이곧대로 듣고 평생 만화를 돌처럼 보고 살았다. 그런 내가 아는 '웹툰'이란 버스나 지하철에서 남학생들이 보는 걸 어깨너머로 본 게 고작인데, 거기에는 '커 어 ㄱ!!!' '기기기깅!!!!' 하는 굵은 글자와 격투하는 장면만 가득했으니까.

과장된 표정과 자극적 비주얼로 말초적 신경을 자극하는 그림으로 가득한 줄 알았던 웹툰 어디에 이렇게 사회 초년병이 겪는 조직 생활의 민낯을 적나라하게 보이면서도 직장인이라면 누구라도 공감할 에피소드가 가득한 콘텐츠가 있었던 걸까?

'잊지 말자, 나는 어머니의 자부심이다' '아무리 빨리 이 새벽을 맞아도 어김없이 길에는 사람들이 있었다' '자기가 먼저 설득되지 못한 기획서는 힘을 갖지 못한다' 등 <미생>의 명대사는 인생 길을 가는 모든 이에게 요긴한 조언이었다. 웹툰을 우습게 보고 있다가 뒤통수 제대로 맞은 느낌이었다.

2024 서울국제도서전에서도 그랬다. 매년은 아니어도 몇 년에 한 번씩 출판하는 지인들 응원 차 들르곤 했는데, 이번에는 약간 충격을 받고 왔다. 도서전이라 하면 '민음사' '김영사' '문학동네' 같은 역사도 오래되고, 초강력 베스트셀러를 낸 출판사들이 큰 부스 몇 개 차지하고 위세를 보여주는 한편, 중소 출판사들이 주변을 에워싸고, 한쪽 구석에 독립출판사들이 안간힘을 쓰며 독자적 개성을 보이는 모양새일 거라고 생각했다. 나처럼 출판 쪽에 한쪽 발가락쯤 담그고 있는 사람들끼리 하는 잔치라고.

깜짝 놀랐다. 우선 최근 십여 년간 주 독자층이라 생각했던 중장년층은 거의 없고, 2,30대 청년들이 북적북적했다. '민음사' '문학동네' '열린책들'은 여전히 큼직한 부스에서 자리를 지키고 있었지만 내가 아는 대다수의 출판사들은 찾기도 어려웠고, 규모가 많이 줄어 있었다. 대신 '안전가옥Safe house'이라는 생소한 이름의 출판사 부스가 크기도 하고, 부스 안에 사람이 엄청나게 많았다. 틈을 비집고 끼어들어 가보니 사방이 모두 젊은 친구들이고, 전시된 책들은 문고판 사이즈인데, 책 제목도, 저자 이름도 하나도 아는 게 없었다. 안내 직원에게 출판사에 대해 이것저것 물어보니 장르 전문 스토리 프로덕션이라 했다.

이후 지인을 만나 출판사에 대해 물어보니 독특한 소재의 장르 소설 출판사로, 스토리 공모나 작가 워크숍 등을 활발하게 진행해 스토리 저작권 IP가 확보되면 국내외 제작 유통사와의 사업화로 연결하여 영화, 웹툰, 드라마로 제작하는 출판사라고. 한마디로 한국의 '해리포터'를 꿈꾸는 작가들을 지원하는 곳이다. 작가가 되는 방법이 참 다양해졌음을 다시 한번 느꼈다.

그 출판사 부스를 구경하다가 《냉면》이라는 책을 한 권 샀다. 《옥탑방 고양이》로 데뷔한 김유리 작가, SF어워드 장편소설부문 대상 수상자인 홍지운 작가, MBC 베스트극장에 영상화된 《토끼의 아리아》를 쓴 전건우 작가 등이 '냉면'과 관련해 쓴 단편 소설 다섯 편을 모은 작은 책이었다. 그날 밤, 책을 펼쳤다가 책을 내려놓을 수가 없어서 밤을 꼬박 새 다시피 하고 다 읽었다. 재밌고 신기해서. 기존 문학의 문법으로는 좀 가볍고, 편향되었다고 평가받을 수도 있겠지만, 재미있다는 사실 하나만으로도 이런 장르문학들이 2024년 글로벌 IP 시장에서 통하는 문법임을 확인할 수 있었다.

○

나만의 바둑을 둔다

예전에는 신춘문예에 당선되거나 추천을 받은 사람들만 시를 쓰고, 소설을 쓴다고 생각했지만 그렇게 머릿속에 존재하는 성역은 없어졌다. 글을 쓰는 것을 좋아하는 사람이라면 자신의 글을 발표할 수 있는 무대가 훨씬 다양하고 많아졌다. 웹툰이나 웹소설이 영화와 드라마가 되고, 시인의 시를 가사로 한 노래가 나오기도 한다.

내가 오랫동안 모으고 써온 소재가 있다면 두려움 떨치고 글로 써보자. 이왕이면 나만의 스토리, 나만의 문체, 나만의 형식으로 내 글을 써보자. 남이 읽고 안 읽는 문제를 떠나서 내 속의 내 이야기를 풀어내는 것은 충분히 의미가 있다. <미생>에서 나온 대사가 생각난다. '자신만의 바둑이 있다. 바둑판 위에 의미 없는 돌이란 없다.'

쓰기

글 쓰는 과정을 순서대로 소개한다. 글감을 고르는
일부터 매일 쓰는 습관 들이기와 전체 구성을 하는 방법,
단어와 어조를 어떻게 하는 것이 좋을지 등
글을 쓸 때 신경 써야 할 부분들을 짚어보았다.

글 쓰는 근육 키우기

•

매일 A4 한 장은 채울 결심

고등학교 때 껌 좀 씹었다. 매일매일 다른 껌을 사서 하루에도 몇 개씩 껌을 씹고 다녔다. 그래도 껌을 바닥에 뱉는 객기는 없어서 껌을 씹고 나면 꼭 은박종이에 싸서 버렸다. 은박종이 위를 싸고 있는 종이는 앞에는 껌 이름이 쓰여 있고, 뒷면은 백지였다. 손바닥보다 작은 그 종이의 빈 여백이 늘 나를 유혹해서 거기에 매일 뭔가를 쓰곤 했다.

'B612 소행성을 찾으려다 지쳐서 내가 그냥 만들어버린 하늘의 별 하나. 까만 공단에 반짝이는 보석을 박아놓은 듯한 하늘에 나는 나만의 B612 소행성을 만들어놓았고 올해도 계속 바오밥나무를 심을 힘을, 아직은 가지고 있다. 82년 2월 14일.'

'해태 커피 추잉 껌' 종이에 연필로 깨알같이 쓴 건데, 지금 보면 맥락도 없고, 문장도 그렇고, 여기 올리기 부끄러울 정도로 유치하기 짝이 없다. 저런 글을 매일, 수시로 써댔다. 껌종이는 남아 있으니 그나마 기록이 있는 거고, 자판기 커피를 마시면 그 종이컵의 옆에도 쓰고, 둥근 밑판에도 쓰고, 종이만 보면 써댔다. 당연히 일기도, 편지도 열심히 썼다. 고3 앞두고 마음이 허해서 그랬을까? 목요일에 태어났으니 길을 떠나야 한다며, 열아홉의 나이에 위선을 깨부숴야 한다고 분개하고, 황금만능주의시대에 대학이 무슨 소용이냐며 연필 끝에 힘을 줘서 빼곡하게 글자들을 채웠다.

대부분 그렇겠지만 중·고등학교 때 가장 많은 양의 글을 썼다. '나'라는 정체성을 찾아가는 시기라서 일기를 꾸준히 썼고, '친구'라는 소중한 존재를 알게 된 시기라서 편지를 자주 썼다. 하루 종일 학교에서 붙어 있었는데도 집에 가면 친구에게 편지를 써서 아침마다 우체통에 넣었다. 요즘도 그 시절 친구들과 "우체국은 우리가 먹여 살렸다"고 농담할 정도로 편지를 많이 썼다. 학교에서도 정기적으로 독후감 숙제를 내줘서 반강제로 책도 많이 읽고, 글도 많이 썼던 시기였다. 어디 공식적으로 내놓을 정도는 아니지만 나를 규명할 수 있는 생각을 정리하기 위해서, 친구와 소통하기 위해서 '문학

소녀답게' '힘 꽉 주고' 써서 퇴고도 하지 않은 문장들을 참 많이 내뱉은 시기다.

○

글 쓰는 근육 키우기

그렇게 쓰다 보니 내 생각을 글로 쓰는 것이 습관이 되었다. 내가 쓴 글이 신문이나 문예지 등에 실리면서 자신감이 생겼고, 자연스럽게 글 쓰는 직업을 골라 잡지사에 들어갔다. 잡지사에서의 마감 풍경은 마치 봉제 공장에서 줄줄이 도열한 재봉틀로 직공들이 옷을 만들어내듯, 모두가 책상에 앉아 글을 뽑아내는, 글 공장 같은 모습이었다.

한 달 동안 섭외하고 취재한 내용들을 정해진 분량의 원고 안에 풀어내야 했다. 아무리 하고 싶은 말이 많아도 주어진 페이지가 적으면 최대한 압축해야 했고, 페이지가 많으면 엿가락처럼 끝도 없이 늘려야 했다. 계획된 원고 분량을 지키지 않으면 편집할 때 디자이너가 생고생을 하게 된다.

능숙한 디자이너를 만나면 디자인으로 여백을 팍팍 줘서 적은 원고도 꽉 차 보이게 디자인을 해주었고, 융통성 없는 신입 디자이너를 만나면 몇 줄을 더 써달라거나 빼달라

해서 사족에 사족을 덧붙이기도 하고, 살을 베어내는 듯한 쓰라림을 느끼며 글을 빼는 일도 허다 했다. 정해진 시간 안에, 분량까지 딱 맞춰서 쓰는 일을 십수 년 하다 보니 나중에는 글이 넘칠 경우에 뺄 부분까지 감안해서 글을 쓰게 되었다. 그렇게 나도 모르게 글 쓰는 게 편하고 유연해졌다. 소위 글 쓰는 근력이 생긴 것.

글 쓰는 데도 근력이 필요하다는 것은 여러 작가들이 확인해준 사실이다. 어니스트 헤밍웨이Ernest Hemingway는 '글쓰기는 근육과 같아서 사용하지 않으면 약해진다'고 했다. 글쓰기는 며칠 앉아서 집중하면 써지는 것이 아니라 오랜 시간을 두고 꾸준히 글 쓰는 습관을 들여야 그 시간이 쌓이고 쌓여 좋은 글을 쓸 수 있다. 말콤 글래드웰Malcolm Gladwell이 널리 알린 '1만 시간의 법칙'이 여기서도 유효하다(어떤 분야의 전문가가 되기 위해서는 최소한 1만 시간의 훈련이 필요하다는 것으로 매일 3시간씩 훈련할 경우 약 10년이 걸린다).

시간을 쌓으려면 어쨌든 하루라도 빨리 쓰기를 시작하는 게 중요하다. 베르나르 베르베르Bernard Werber는 글쓰기 수업을 할 때 '에포케Epoche'라는 단어로 시작한다고 한다. 그리스어로 '판단 중지'라는 뜻의 에포케는 아무것도 판단하지 말고 본질에 집중하라는 의미. 수강생들에게 종이를 나눠주고 6분 동안 아무거나 쓰라고 한다. 맞춤법이 틀려도 좋고, 욕을 써도 좋으니 무엇이든 쓰라고. 쓰다가 멈추면 강의실에서 쫓아내겠다고 엄포를 놓으면 수강생들은 어찌어찌 뭐라도 쓰더라는 것. 좀 강제적이기는 하지만 그렇게 쓰는 시간이 쌓이면 쓰는 데 두려움 없이 내면에 있던 생각들이 서서히 글로 풀리기 시작한다는 이야기다.

○

매일 조금씩 꾸준히

많은 작가가 글을 잘 쓰고 싶다는 사람들에게 하는 이야기를 들어보면 '매조꾸, 매일매일 조금씩 꾸준히 쓰라'고 얘기한다. 김훈 작가는 책상 앞에 '필일오必日五'를 써 붙이고, 무슨 일이 있어도 하루에 원고지 5~6장은 꼭 쓴다 하고,《대통령의 글쓰기》의 강원국 작가 역시 '작가는 오늘 아침에 글을 쓴 사람'이라며 매일 일정한 분량 글쓰기 루틴의 중요성을 강조한다.

《메리골드 마음세탁소》를 낸 소설가 윤정은 작가와 친분이 있다. 십여 년 전, 몇 권의 에세이와 자기계발서를 쓰고, 글쓰기 강의를 다닐 때 만났는데, 언젠가 소설을 쓰고 싶다는 이야기를 했다. 그 꿈을 위해서 매일매일 글을 쓰고 있다고. 이후 SNS를 통해 그녀의 성실한 글쓰기 습관을 오랫동안 봐왔기에 나는 그녀가 쓴 소설이 나오자마자 베스트셀러가 되고, 유럽의 출판사들로부터 러브콜을 받는 상황이 그리 놀랍지 않았다.

매일 정해놓은 시간에 자리에 앉아 A4 한 장은 채울 결심으로 글을 쓰는 연습이 필요하다. 나중에 아무짝에도 쓸데없는 글을 쓰고 있다는 생각이 들더라도 그래도 계속해본다. 매일 글을 쓰는 데 필요한 모든 수단을 동원해서 먼저 3일, 일주일, 한 달, 3달 이렇게 늘려보자. 어느새 폴더 하나가 가득 차 있는 뿌듯함을 맛보게 될 것이다. 폴더가 하나씩 늘수록 내 자신감도 커지고, 글솜씨도 점점 좋아질 것이다. 노력은 배신하지 않으니까.

글 쓰는 공간

•

집에서, 가끔은 카페에서

책을 몇 권 냈다고 하면 글을 어디서 쓰냐고 묻는다. 집에서 작업한다고 하면 어떻게 집에서 집중해서 글을 쓰냐고 신기해한다.

인생 초반 16년은 학교를 다녔고, 중반 27년은 회사를 다녔다. 40여 년을 매일 출근하다가 회사를 그만두면서 앞으로 어떤 일을 할지, 어떻게 살아갈지를 고민할 때 가장 먼저 떠오른 질문은 "어디서 일하지?"였다. 번듯한 사무실을 얻으려니 그러면 반드시 일을 많이 해야 할 것 같았고, 집에서 일하려니 아무래도 집중이 안 될 것 같았다.

아이 어렸을 때 '동반기자'라는 직함으로 2년 동안 재택근무를 한 적이 있다. 대니 샤피로Dani Shapiro는 '글을 쓰기 위해 책상 앞에 앉았을 때는 전화를 받지 마라. 이메일을 확인하지 마라. 어떤 이유로든 인터넷을 하지 마라'고 글 쓸 때 집중할 것을 강조했지만 집에서 살림하며 글쓰기에 집중하기는 쉽지 않았다. 글을 쓰는 동안에도 아이 학원 셔틀버스 시간, 저녁 반찬 걱정이 뒤통수를 간질였다. 집에서는 섭외나 자료 수집을 하고, 원고 작성은 사무실에서 하는 식으로 일을 했다. 그러면서 '재택근무'라는 게 나한테는 맞지 않는 옷이라는 걸 깨닫고 육아에 전념하겠다고 퇴사했다. 두 달 후, 다른 회사로 다시 출근했지만.

○

백색소음이 있는 카페

<가디언Guardian>지 기자로 일하다가 소설가가 된 영국의 희곡작가 마이클 프레인Michael Frayn은 '신문사 사무실에 있다 보면 글을 쓰기 위해 꼭 조용한 방이 필요한 건 아니라는 사실을 알게 된다. 공원이나 술집, 비를 피하기 위해 들어간 공중전화 박스에서도 글을 써야 한다'고 했듯이 북적북적 시끄러운 편집부에서 마감이 있는 일을 한 덕분에 나는 조용한 곳보다는 어느 정도 소음이 있는 공간이 더 편했다.

프리랜서로 일하기 시작하면서 급한 프로젝트가 생기면 노트북을 들고 카페에 가서 일을 했다. 카페는 그때그때 골랐는데, 통화를 하며 해야 하는 일이 있을 때는 큰 프랜차이즈 카페의 구석자리를 골랐고, 시간이 여유 있는 날은 차를 타고 근교의 경치 좋은 카페로 갔다. 세금 신고나 사진 정리 등 잡무를 처리해야 할 때는 가까운 동네 카페의 큰 테이블을 차지한 뒤 빵과 음료를 넉넉하게 시키고 일을 했다.

듣기 좋은 음악도 나오고, 커피 향기도 은은하고, 사람들의 말소리가 백색소음 효과를 내서 집중하기 좋았다. 공간이 바뀌면 내 감각도 새 공간에 적응하면서 의식의 흐름에도 영향을 줘서 미처 생각하지 못했던 아이디어가 생기기도 한다. 본의 아니게 옆 사람들의 대화를 듣다가 영감이 떠오르는 럭키한 상황도 생긴다.

《너무 한낮의 연애》를 쓴 김금희 작가는 매일 아침 식사를 마치고 카페에 가서 글을 쓴다고 한다. "일단 앉아 있으면 쓰게 돼요. 다 버릴지언정 뭐라도 쓰긴 쓰죠. 저는 쓰는 양을 목표로 두지 않고 몇 시간이라도 그냥 앉아 있는 걸 목표로 삼아요. 집을 나가기 싫을 땐, 날씨도 좋은데 밖에서 라떼 한 잔해~ 딱 한 줄만 써~ 하고 스스로를 요리조리 달래면서요." 전문 작가도 습관을 만드는 데는 자신을 유혹할 만한 라떼가 꼭 필요하다는 말이 어찌나 반갑던지.

○

루틴을 만드는 최적의 공간, 집

코로나19로 온가족이 집에 갇히는 상황이 발생하자 다시 고민이 시작되었다. 일은 해야 하는데, 집에서 어떡하지? 사람은 환경에 적응하며 사는 존재라서 그런지 아예 현관문 밖에 못 나가는 상황이 되자 각자 책상이나 식탁 등 편한 곳에 노트북 올려놓고 일하는 시스템으로 바꿔야 했다. 그렇게 하니 신기하게도 일을 할 수 있었다. 그 후로 집에서 일을 하고, 글을 쓰는 생활이 시작되었다.

우리나라 아파트 생활 패턴을 보면 침실은 하루 중 8시간 정도 잠자는 시간에만 사용하는데, 큰 침대가 공간을 차지하고 있어 다른 용도로 사용하기 어렵다. 남향의 가장 큰 방을 침실로 삼으면 집에서 가장 좋은 공간을 하루 중 반 이상 아무도 사용하지 않는 것이니 좀 아깝지 않은가? 그래서 전에는 집에 있는 시간이 가장 많은 아이에게 큰 방을 주고, 부부 침실은 가장 구석진 방으로 정하는 게 우리 집 룰이었다. 아이가 큰 다음에는 그 방을 서재로 만들었다.

굳이 '동굴'이 없어도 된다는 남편의 배려로 널찍한 서재는 내가 차지했다. 한동안 책을 보관만 하는 공간이었는데, 코로나19를 계기로 나는 가장 가깝고 편안한 공간인 서재에서 책을 읽고, 글을 쓰는 루틴을 만들었다. 무라카미 하루키는 새벽 4시부터 일어나 5~6시간 글을 쓴다 하고, 헤밍웨이도 아침 일찍부터 글을 썼다는 이야기를 듣고 나도 집에서 아침 일찍 글을 쓰면 되겠다 싶었다.

아침에 일어나면 차를 우리고, 가족의 식사를 간단하게 준비하고 서재로 들어가 음악을 틀고 노트북을 여는 날들이 차곡차곡 쌓였고, 서재는 예전의 책 보관소에서 내 창작의 산실이 되었다. 공간이란 사람이 드나들면서 쓰임새를 만들어야 힘이 실린다. 반지도 매일 껴야 손 위에서 빛이 나듯이.

가끔 바람이 선선하게 불거나 햇살이 눈부신 날, 글감이 떠오르지 않거나 글이 막히는 날은 일부러 노트북을 들고 카페에 간다. 퓰리처상 수상 작가인 애니 딜러드Annie Dillard는 '매력적인 작업공간은 피하라. 대신 전망이 없는 방을 택하라. 어둠 속에서 상상이 기억과 만날 수 있도록 하라'고 했지만 분위기 전환이 필요할 때 카페는 적당한 공간이다.

카페에서 유명하다는 시그니처 메뉴를 주문하고 사람들을 둘러본다. 그 시간, 그 공간의 사람들, 옷차림, 음악, 이야기 소리, 공기… 그런 것들을 내 느낌대로 기록한다. 노트북에 차곡차곡 쌓인 그 카페의 기억들은 그대로 노트북에 머물기도 하고, 다른 경험들과 버무려져서 새로운 글로 남기도 한다. 그날의 카페 나들이는 가장 새로운 경험으로 내 감성에 부드러운 자극을 준다. 가끔 카페에 가서 글을 쓰는 이유가 그렇다.

글 쓰기 위한 부스터

•

커피, 음악, 펜? 뭐든 나를 도와다오

아는 분이 소설을 쓰고 있는데 좀 봐 달라고 카톡으로 원고를 보내왔다. 전체 원고의 ⅓정도라는데 내용이 참신하고 글이 쉬워서 금세 읽긴 했지만 원고 분량이 꽤 많았다. 언제 이렇게 글을 썼냐고 했더니 짬짬이 사람 기다리거나 시간 날 때마다 스마트폰에 메모하듯이 썼다고 해서 정말 놀랐다.

모름지기 소설이란 엉덩이 딱 붙이고 앉아서 몇 날 며칠을 머리카락 쥐어뜯으면서 모니터를 있는 대로 노려보다가 다다다다… 마치 임윤찬이 피아노를 치듯 현란한 타자 솜씨로 손가락이 키보드 위를 날아다니다가 어느 순간 첫 장은 이 정도면 됐다 하고 멈추는 거 아니었나?

스마트폰으로 짬짬이 썼다는 소설이 재미까지 있어서 은

근히 부럽기도 했다. 하지만 그런 재능은 누구에게나 주어진 것은 아니어서 얼른 마음 다잡고 칭찬을 많이 하며 응원했던 기억이 있다.

글을 쓴다는 게 말처럼 쉬운 일은 아니다. 세계적인 작가들도 글을 쓰는 것이 쉽지는 않았는지 스탕달Stendhal은 아침마다 프랑스 법전을 두세 장씩 읽고 나서 글을 썼다고 한다. 골치 아픈 법전을 읽다 보면 머리가 맑아져서 글을 쓸 수 있었다고. 작가들이 글이 안 써지는 상황을 '라이터스 블럭Writer's Block'이라 표현한다. 그야말로 담벼락에 부딪힌 듯한 상황이라는 것.

독일 시인 프리드리히 실러Friedrich Schiller는 썩은 사과를 책상 서랍 속에 넣어두고 글이 안 써질 때 그 냄새를 들이마시곤 했고, D. H. 로런스D. H. Lawrence는 글이 떠오르지 않으면 벌거벗은 채 뽕나무에 올라갔다는 이야기도 전해질 정도다.

하고 싶은 말은 많아도 어디서부터 시작해야 할지 갈피를 잡지 못해 모니터에 커서가 껌벅거리는 것만 보다가 시간을 보내기도 하고, 쓴다고 썼는데 말이 되지 않아 지우고, 또 지우다가 하루 해가 지기도 한다.

○

커피, 작가의 가장 친한 친구

그럴 때는 과감히 떨치고 일어나 분위기를 전환하는 게 좋다. 일어나서 스트레칭을 하거나 물을 한 잔 마시고 하늘을 한 번 쳐다본다. 음악을 신나는 걸로 바꾸거나 좋아하는 차를 한 잔 마시는 것도 도움이 된다. 건강상의 이유로 선 채로 글을 썼다는 어니스트 헤밍웨이Ernest Hemingway처럼 일어서서 글을 써보는 것도 방법이다. '파리 리뷰'가 묶어낸《작가란 무엇인가》에 '헤밍웨이는 서서 글을 쓰는데, 이건 그가 처음부터 갖고 있던 글 쓰는 습관이다. 그는 크고 편한 신발을 신고 닳아 빠진 얼룩영양의 가죽 위에 서서 글을 쓴다. 타자기와 독서대는 그의 가슴께 있다'는 내용이 나와 있다.

작가들 이야기를 할 때 꼭 커피가 등장한다. 커피가 지닌 카페인이 집중력을 높여주고 정신을 맑게 해서 창의력을 자극한다 하여 작가들에게 필수품이 되기도 하겠지만 커피의 향과 쌉사름하면서 고소한 맛도 영향을 끼친다고 생각한다. 커피를 마시는 것이 일종의 루틴이 되기도 한다. 나 역시 글을 쓸 때 옆에 꼭 음료수 잔이 있다. 오전에는 커피가 담긴 머그, 오후에는 홍차나 녹차 등이 담긴 찻잔이다.

제임스 조이스James Joyce 말처럼 커피는 '작가의 가장 친한 친구'다. 글을 쓰다가 잠시 멈추는 순간에 커피를 한 모금 마시면 그 향기와 맛이 오감을 부드럽게 자극하면서 몸 안에 향기로운 에너지가 퍼져가는 느낌이 근사하다. 오후에는 휴식 시간을 좀더 길게 가지면서 쿠키를 곁들여 티타임을 갖는데, 그때 만든 차를 책상까지 갖고 오는 것. 일을 끝낼 때까지 갈증도 해소하고, 옆에서 은은한 향기가 머물러 마음이 느슨해진다.

향기도 그렇다. 찰스 디킨스Charles Dickens는 '오래된 호기심 가게The old curiosity shop'에 자주 들러서 빅토리아 시대 향로에서 영감을 얻었다 하고, 미시마 유키오三島 由紀夫는 작업할 때 일본 전통 향을 피웠다니 글을 쓸 때 향기도 중요한 역할을 한다. 마르셀 프루스트Marcel Proust의 《잃어버린 시간을 찾아서》에서 마르셀이 홍차에 적신 마들렌을 먹자마자 레오니 아주머니와 그 시절 콩브레의 추억을 소환했듯 차와 곁들인 음식의 맛과 그 향기도 글 쓰는 이에게는 유용한 글감이 된다. 마치 앰프처럼 순식간에 오래된 기억을 불러와서 그 순간의 감각을 확장시켜주는 능력이 있다. 설령 그 기억이 나쁜 것일지라도.

글을 쓸 때 음원이든 라디오든 BGM으로 음악을 틀어두는것도 글쓰기에 큰 도움이 된다. 음악 역시 앰프의 역할을 해서 한 소절만으로 순식간에 30년 전의 기억을 떠올리게도 하고, 감정을 깊게 자극해 영감을 만들어주기도 하고 나도 모르게 음악의 리듬에 맞춰 글을 쓰게 되기도 한다. 가벼운 이야기를 쓸 때는 빠른 속도의 팝 음악을 틀고, 생각을 많이 해야 하는 글을 쓸 때는 바흐의 첼로 곡이나 쇼팽의 피아노 곡을 주로 듣는다.

예쁜 노트와 펜도 여러 개 준비한다. 주제별로 노트에 제목을 적어놓고, 그때그때 떠오르는 것들을 메모해두면 글을 쓸 때 도움이 된다. 바쁠 때는 핸드폰으로 사진을 찍지만, 여유가 있을 때는 직접 손 글씨를 쓰려고 노력한다. 책을 읽다가 좋은 문구를 써두기도 하고, 그때그때 하고 있는 일들을 메모한다. 메모는 마력이 있어서 메모를 하다 보면 꼬리에 꼬리를 물고 아이디어가 발전하고, 그 아이디어가 글씨로 남아 있어서 나중에 들춰보면 또다른 생각을 물고 오기도 한다.

칠레의 시인 파블로 네루다Pablo Neruda는 항상 초록색 잉크로 시를 썼다 하고, 《삼총사》의 작가 알렉상드르 뒤마Alexandre Dumas는 산문은 장밋빛 종이, 소설은 파란 종이, 시는 노란 종이에 썼다고 한다. '장인은 도구를 가리지 않는다'고 하지만 자신이 좋아하는 펜과 노트가 있으면 아무래도 마음이 편해지고 기분이 좋아져서 몸속에 좋은 에너지가 가득

차게 될 테니 이왕이면 좋아하는 도구를 지니는 게 더 나은 글을 쓸 확률을 높여준다고, 나는 믿는다.

○

영감을 주는 엽서

광고인 박웅현 선생님이 한 강의에서 '여행을 가거나 전시를 보러 가면 엽서를 사곤 한다. 그 엽서를 책상 앞에 붙여둔다. 어느 순간 그 엽서가 나에게 영감을 준다'는 이야기를 하셔서 나도 어디 가면 엽서를 기념품으로 산다. 한동안 책상 근처에 붙이거나 기대 놓는데 그걸 볼 때마다 기분이 좋다. 흔치 않게 그 엽서가 글의 실마리를 제공하기도 한다.

엽서와 함께 책이 꽂힌 책장도 글쓰기에 도움이 된다. 책을 세워서 꽂으면 책등에 쓰인 제목들이 한눈에 보이는데 그 제목들을 보다가 아이디어가 생각나기도 하고, 한 권 한 권 저자들이 글을 쓸 때 어떤 마음이었을까 하면서 생각하는 것도 나의 글쓰기에 도움이 된다. 이렇게 많은 책을 읽었는데 뭐가 됐든 쓰겠지 하는 자신감이 불끈 솟아오르기도 한다.

이외에 내가 글을 쓰는 데 도움이 되겠다 싶은 것은 모두 끌어들여서 실제로 내 글쓰기에 도움이 되는 것들을 추려 나가는 것도 좋다. 좋아하는 향의 향초를 켜놓고 글을 쓴다는 이도 있고, 터치 감 좋은 키보드가 글쓰기에 도움이 된다는 이도 있다. 뭐든 어떤가? 스탕달의 법전이든, 쉴러의 썩은 사과든, 글쓰기에 도움만 된다면.

남들은 어떤 걸 쓰나?

•

가끔 서점에 들른다

'나는 천국이 도서관처럼 생겼을 거라고 늘 상상한다'는 소설가 호르헤 루이스 보르헤스Jorge Luis Borges의 말에 전적으로 공감한다. 특히 개가식으로 책이 빽빽하게 꽂힌 서가에서 직접 책을 고를 수 있는 도서관이나 별마당도서관처럼 책으로 빙 둘러싸여 눈길 닿는 곳마다 책이 있는 곳에서 나는 행복감을 느끼고, 구름을 탄 듯 기분이 좋아진다. 보르헤스를 비롯해 많은 문인들, 애서가들이 비슷한 이야기를 하는 걸 보면 나만 그런 것은 아닌 게 확실하다.

도서관이나 서점에 가면 정말 책이 많다. 내가 남아 있는 인생 동안 여기 있는 책 중 몇 권이나 더 읽을 수 있을까 생각하면 고개가 절레절레 흔들거린다. 나만 빼놓고 이 세상 사람들이 매일같이 하루에 세 권씩 책을 쓰는 것도 아닐 텐데 세상에는 책이 참 많다.

책으로 가득한 서가 사이를 거닐다 보면 굳이 책을 뽑아서 읽지 않아도 왠지 기분이 좋아지고, 가슴이 뿌듯해지며 내가 아주 지적인 사람이 된 것처럼 어깨를 으스대며 걷게 된다. 책에서 나오는 독특한 향기가 꿀벌의 '페로몬' 같은 역할을 하는 것일까?

○

우주의 축소판 같은 곳, 서점

단지 기분이 좋아진다는 이유로 서점에 가는 사람은 없을 것이다. 서점에 가는 데는 여러 가지 이유가 있지만 나는 용건이 있거나 없거나 남들보다 서점에 자주 간다. 어렸을 때는 필요한 책이나 참고서를 사기 위해 서점에 갔고, 잡지 에디터가 된 후에는 기획회의 전날이면 꼭 서점에 갔다.

새로 나온 책, 베스트셀러, 스테디셀러, 분야별 전문서 등 서가를 돌아다니다 보면 인기 작가, 새로 떠오르는 작가의 책들이 보이고, 유독 한 분야에 신간이 많은 것 등을 볼 수 있다. 서점에 등장하는 책이 트렌드의 척도였기 때문이다. 인터뷰하고 싶은 인물, 취재하고 싶은 새 트렌드, 칼럼을 청탁할 만한 작가 등 세상의 모든 정보가 모이던 곳이 서점이었다. 정보를 많이 건졌다 싶은 날은 그냥 나오기가 미안해서 읽고 싶었던 책을 서너 권 샀다. 돌아오는 길, 묵직한 책으로 손은 무거워도 마음은 한껏 가벼웠던 기억이 있다.

약속 장소에 너무 일찍 도착했을 때나 미팅과 미팅 사이에 갑자기 시간이 붕 뜰 때마다 가는 곳도 서점이다. 예전보다 서점이 많이 없어져서 아쉽긴 하지만. 서점 안을 이리저리 둘러보다 보면 인터넷 서점에서 보지 못했던 책들이 보이고, 책을 손에 들었을 때의 무게감과 종이의 질, 전체 구성이 한 번에 느껴진다. 맘에 드는 책이 있으면 바닥에 주저앉아서 좀 더 읽기도 하고, 글맛이 너무 좋아서 손에서 내려놓을 수가 없을 정도로 맘에 드는 책을 만나면 흥분해서 옆에 있는 책까지 사기도 한다.

해외나 국내를 막론하고 여행을 가면 그곳의 서점에 들르는 편이다. 무거운 아트 북과 잡지를 너무 많이 사서 이고 지고 오느라 어깨에 탈이 난 적도 많다. 반즈앤노블, 리졸리, 츠타야 등 서점에 발을 들이미는 것만으로 엔도르핀이 솟구치던 서점들.

요즘은 전국 지역마다 개성 있는 독립 책방들이 많아서

책방 투어도 가능할 정도다. 목포 고호의 책방, 제주의 소리소문과 달리책방, 군산 마리서사, 속초 문우당서림 등 나와 취향이 비슷한 책방 사장님들을 만나면 반갑고 응원하고 싶은데 여행 길이라 한두 권만 사서 나오는 게 너무 죄송스럽다. 이렇게 우연한 시간에 만나서 오랫동안 나의 벗이 된 책으로 《코르시아 서점의 친구들》《질문의 책》《약간의 거리를 둔다》 등이 있다.

내 책을 낸 이후로는 책이 나온 날 서점에 가서 주변을 돌며 어떤 분이 내 책을 집어 드는지 보기도 하고, 책에 대해 어떤 이야기를 나누는지 신기하고 궁금한 마음에 거의 매일 서점에 갔다. 책이 매대에 잘 놓여 있는지, 초기 반응이 떨어져서 뒤쪽 서가로 옮겨져 꽂혀 있는 건 아닌지, 갈 때마다 내 책을 슬쩍 위에 올려놓기도 하고, 한두 권 사면서 묻지도 않았는데 주변에 다 들리게 큰 목소리로 "선물하려고요." 하고 너스레를 떨기도 했다.

○

비슷한, 잘 팔리는, 유명한 책 사이에서 내 길이 보인다

책을 내자는 제안이 오면 가장 먼저 서점에 간다. 새로 준

비할 책의 주제와 비슷한 책이 얼마나 있는지, 다른 저자들은 어떤 식으로 그 주제를 다뤘는지 먼저 살펴본다. 매일같이 책이 쏟아져 나오는 세상에서 나와 비슷한 생각을 한 사람이 없으리라는 법이 없다. 출판사에서도 미리 체크하겠지만 직접 확인하는 게 좋다. 현황을 살펴보지도 않고 책을 냈다가 이미 나와 있는 책과 비슷한 책을 내는 것만큼 부끄러운 일은 없을 것이다. 그 주제에 대해서 가장 잘 팔리는 책 세 권의 목차를 살펴보고, 나와 비슷한 스타일의 저자가 쓴 책 세 권의 목차를 본다.

그리고 주제와 관계없이 베스트셀러, 미디어 서평, 서점 추천 등 그 시기에 가장 화제가 되는 책들을 찾아본다. 화제가 되는 책들 중에서 표지, 제목, 구성 중 독특하면서도 화제의 포인트들을 살핀다. 살펴보기가 끝나면 내가 책을 쓸 때 놓치면 안 될 내용들을 담고 있는 책을 몇 권 구입한다. 구입하는 게 중요하다. 서점에서 사진 몇 장 찍고 돌아왔는데 나중에 글을 쓰다 보면 그 앞뒤 내용이 없어서 아쉬운 순간이 꼭 생기기 때문이다.

"책을 내려고 한다"며 방법을 묻는 분들에게 우선 서점부터 가보라고 조언하는 이유다. 어디를 가든, 무엇을 하든 내가 어디에 서 있는지 아는 것이 가장 중요하다. 남들은 어떻게 글을 쓰는지, 다른 사람이 쓴 글이 어떻게 사용되는지 알아야 내 자리를 정할 수가 있고, 그 자리에서 어느 방향으로 가야 할지가 정해진다. 그 시기에 가장 중요한 곳이 바로 서점이다.

'글을 안 읽고, 책을 안 사는 시대'에 종이 책에 대한 애정을 놓지 않고 서점을 운영하는 분들에게 이 기회를 빌려 감사를 전한다.

뭘 하면 좋을까?

•

경험이 글이 되는 법

내 별명은 '호기심 천국'이다. 식당에 가면 그 식당 이름이 왜 '온지음'인지 물어보고, 골목을 지나가다 라일락 꽃향기가 나면 어느 집에 라일락 나무가 있는지 확인하고, 어떤 전시가 화제가 되면 왜 화제가 되었는지 궁금해서 꼭 가본다. 단순히 궁금하기만 한 게 아니라 그걸 꼭 해결하려는 추진력까지 있다. 내 호기심이 발동하는 화제에 한해서이긴 하지만.

덕분에 나는 날마다 가야 할 곳이 있고, 새로운 장소에서 얻은 정보를 기록하느라 하루가 바쁘다. 누가 시키는 일이 아니라 더 열심히 하는지도 모르겠다. 이렇게 발품 팔아 돌아다니며 얻은 정보와 안목이 쌓이고 쌓여 어느 날, 나도 모르게 내 글 속에서 툭 튀어나온다. 뉴욕에서 기자와 칼럼니스트로 활동한 윌리엄 진서William Zinsser 역시 '당신의 인생 경험을 믿으세요'라 했으니 이게 직업병일 수도 있다.

○

아티스트에게 배운다

가장 열심히 가는 곳은 전시장이다. 미디어나 지인들의 SNS, 미술관이나 갤러리의 뉴스레터 등을 통해서 미리 전시 소식을 알게 되면 일정표에 갈 수 있는 날짜를 표시해둔다. 전시 장소별로 지도에 표시해두고 동선을 고려해 한 번에 두어 개 전시를 같이 볼 수 있게 한다. 관련된 일을 하는 것도 아니면서 전시를 열심히 보러 다니는 것은 세상의 이슈나 인간의 복잡다단한 감정들을 아티스트들은 각자의 개성 있는 방법을 동원해 시각적으로 알아보고, 느끼도록 표현함으로써 보는 이들과 소통하려고 하기 때문이다.

인류가 직면한 기후위기에 대해서, 지금 이 순간도 벌어지고 있는 전쟁에 대한 각성을 촉구하느라, 존재의 의미를 찾는 사람들을 위한 별이 되기 위해서, 상처받은 이를 위로해주느라 다양한 방식의 작품들을 보면서 내가 어디에 서 있는지, 남들은 어떤지, 어디로 가야 할지를 생각하게 된다.

전시에서 주는 감동은 책이나 음악으로 받는 감동과는 또 차이가 있다. 인터넷이나 사진으로 보는 작품과 전시장에 설치된 진짜 작품은 너무나도 큰 차이가 있어서 전시는 꼭 내 발로 걸어가서 봐야 한다는 것도 다른 점 중 하나. 베르나르 뷔페Bernard Buffet처럼 굵직한 선을 주로 쓰는 작가의 작품은 실제로 보면 물감을 두툼하게 칠해 평면 회화라기보다 입체 작품처럼 느껴질 때가 있다. 그래서 실물을 봐야 한다.

전시장에 들어서면 전체적인 분위기를 보고 큼직한 앵글로 사진을 몇 장 찍고, 그 다음에 세부적으로 필요한 정보가 있으면 사진을 찍는다. 나중에 블로그에 정리하다 보면 그 작품의 재료나 작품 설명 등이 가물가물할 때가 있는데 사진을 찍어두면 요긴하게 쓴다. 예전에 내가 블로그에 올려둔 같은 작가의 이전 전시 포스팅을 살피며 작가의 변화를 확인하기도 하고, 나의 감상의 초점이 변하는 것도 발견할 수 있다. 세계적인 기업 컨설턴트인 뱅상 그레그와르Vincetn Gregoire는 '날 불편하게 하는 것이 곧 트렌드가 될 가능성이 높다'며 나의 취향과 좀 다르지만 화제가 되는 전시나 책도 적극적으로 살펴보라고 했지만 나는 여전히 내 취향에 맞는 곳만 찾아가는 게 한계이긴 하다.

○

먹으면서도 배운다

새로 지은 건물이나 새로 문을 연 카페 등을 찾아가는 것도 호기심의 발로다. 설계자에 따라 외관, 동선, 보이드, 서비스 공간 처리 등이 확연하게 다른데 그런 차이를 내 눈으로 확인하는 것도 좋고, 새로 문을 연 카페는 대부분 최신 트렌드 중 한두 개를 반영하고 있어 인테리어 구경하기도 좋고, 새 메뉴를 맛보며 주인장의 솜씨를 경험할 수도 있다.

잡지 기자 시절에는 사장님 취재가 기본이어서 보도자료에 살을 좀 보탤 수 있는 팩트를 직접 확인할 수 있었지만 이제는 야인의 신분으로 바쁜 주인장을 불러낼 수는 없기에 그저 손님으로 가서 구경하고 검색하다 알게 된 정보를 직원에게 확인하고 오는 정도다.

그래도 직업정신이 아직 남아 있기도 하고, 블로그에 올리려면 남들보다 많은 정보가 필요해서 가기 전에 식당이나 매장의 홈페이지를 살펴보고, 고객들의 리뷰를 살펴본다. 검색을 하다 보면 꼬리에 꼬리를 물고 정보가 튀어나오는데, 이때 끈기를 갖고 계속 따라가 보는 근성이 필요하다.

브랜드의 특징은 무엇인지, 신제품은 무엇인지, 셰프는 어떤 사람인지, 새로 나온 메뉴 이름 중 모르는 단어의 뜻은 무엇인지 등 알아보는 것.

다녀와서 동생에게 이야기해주겠다는 마음으로 들여다보면 그곳의 장점과 단점이 보이고, 어떤 점이 내 마음을 건드렸는지 생각해보게 된다. 마치 책을 읽고 나면 독후감을 쓰는 것처럼 기억이 사라지기 전에 이 공간에 대해 내 의견을 정리해보는 게 중요하다.

특별한 경우가 아니면 맛없는 식당, 감흥 없는 전시 리뷰도 안 하는 편이다. 좋은 이야기를 보고 듣기도 바쁜 세상에 확실한 의도가 없이 투정하듯 불평하는 포스팅은 공해라는 생각이다. 개선이 필요하다 생각하는 부분은 당사자에게 직접 이야기하는 게 맞다.

이렇게 정리해둔 정보들은 글을 쓰거나 프로젝트를 기획할 때 나만의 보물창고가 되어 잠재되어 있던 아이디어를 끌어 올리는 데 기여한다. 십여 년 전의 사진 한 장, 글 한 줄이 계기가 되어 프로젝트를 풍부하게 하고, 글을 쓰는 에피소드를 무한정 제공한다.

미국의 소설가 제임스 볼드윈James Baldwin은 '사람은 오직 한 가지, 바로 자신의 경험으로 글을 쓴다. 모든 것은 경험의 마지막 한 방울을 달건 쓰건 얼마나 가차 없이 짜낼 수 있느냐에 달려 있다'는 말을 되새기며 길을 나서보자. 전시장일 수도 있고, 카페일 수도 있고, 친구 사무실일 때도 있다. 그 길에서 걷고, 보고, 느끼고, 생각하면서 나만의 글감을 수집하고, 나만의 글을 건져 올려보자.

눈팅의 힘

●

취향에 맞는 뉴스레터

친구 중에 정말 촉이 좋은 이가 있다. SNS에 흐릿한 사진 하나만 올려도 내가 누구와 무슨 일로 만난 걸 짐작하고, 포스팅을 손가락으로 쓱쓱 올리기만 했는데도 요즘 누가 누구와 자주 만나는지, 누가 신상 맛집에 밝은지도 다 안다. 그 친구를 만나 이야기를 나누다 보면 70억 지구 인구가 다 연결될 듯하고, 세상 모든 정보가 그 친구 손 안에 있는 것 같다.

'그는 어떻게 이 많은 사람을, 이 방대한 정보를 알고 있는 걸까?'에 대해 주변 사람들과 이야기를 나눈 적이 있다. 머리가 좋아서, 발이 넓어서, 스마트폰을 손에 붙이고 살아서 등의 이야기가 나왔지만 가장 와 닿은 것은 '사람에게 유난히 관심이 많아서'였다. 패션에 관심이 있으면 패션 관련 정보에 해박하고, 독서모임에 관심이 있으면 여러 곳의 독서 모임에 가입해서 활동하듯이 자신이 관심 있는 분야에 집중하면 정보가 쌓이고, 쌓인 것들이 서로 연결되어 시너지를 낸다는 것. 하긴 집중해서 열심히 하면 언젠가는 관심 분야의 미래를 예측할 정도의 촉이 생기기 마련이다.

알고 싶고, 하고 싶은 게 있으면 온 세상을 돌아다니며 내가 찾아내야 했던 과거와 달리 이제는 손가락 클릭 몇 번으로 내가 알고 싶은 걸 알 수 있고, 내가 하고 싶은 걸 어떻게 할 수 있는지를 쉽게 알 수 있다. 인터넷의 세계에는 상상도 못 한 미세한 분야까지 고수와 상수들이 많은 데다가 그들이 기꺼이 자신들의 노하우를 공개해 놓기도 해서 유튜브를 보는 것만으로 목수도 되고, 어플 몇 개 다운받기만 해도 작곡가가 되기도 한다.

글쓰기만 해도 '브런치'에는 기성 작가나 작가의 꿈을 꾸는 사람들이 매일같이 글을 올리고, 글쓰기에 대한 고민을 함께 나누기도 한다. SNS 중 글보다 이미지 비중이 높은 인스타그램에도 좋은 글은 낭중지추囊中之錐처럼 도드라져 보여 SNS 글쓰기에 도움을 받기도 한다.

○

전문 분야별로 골라주는 뉴스들

나는 여러 개의 유료 & 무료 뉴스레터를 구독하고 있다. 전에는 인터넷에 이렇게 정보가 넘쳐나는데 뉴스레터까지 꼬박꼬박 받을 필요가 있나 싶었는데 어느 날 문득 내가 뉴스를 아예 보지 않고 있다는 걸 깨닫게 되었다. <중앙선데이> <스타일 조선> 같은 잡지 스타일 신문 외에는 종이 신문도 자주 안 보고, 방송 뉴스도 방송사마다 편향된 정보를 내보내는 모습이 불편하고, 포털에서 제공하는 뉴스는 그 엄청난 양에 지쳐서 안 보고 있었다.

우연히 뉴스와 신문을 안 보는 젊은 세대를 위한 뉴스레터 '뉴니크'를 알게 되었다. '우리가 시간이 없지, 세상이 안 궁금하냐!'는 홍보 문구를 내걸고 젊은 세대를 타깃으로 팩트 중심의 뉴스레터였다. 설명이 많이 필요한 뉴스는 앞쪽에서 집중적으로 꼼꼼히 다루고 1분 만에 읽을 수 있는 1분 뉴스로 다양한 오늘의 뉴스를 전달하는 구성으로 이메일로 받으니 아침마다 메일 체크하면서 잠깐씩 세상 돌아가는 상황을 훑어보기 좋다. 취향에 맞는 다른 뉴스레터도 찾아보기 시작했다. '헤이팝' '엘르보이스' '까탈로그' '생각노트' '돌멩이레터' 등.

미국의 뉴욕타임즈, 워싱턴포스트 등의 신문사가 유료 멤버십 제도로 수익을 올리는 데 반해 여전히 유료 구독에 인색한 우리나라에서 도전적 실험을 하는 유료 뉴스레터도 본다. 롱블랙, 허리포트 등은 구독 조건이 좀 독특하지만 초기 단계라서 응원하는 입장으로 구독 중이다.

그 외에 인터넷 즐겨찾기에 유익한 브랜드의 홈페이지들을 별표 저장해두고 수시로 들락거리며 정보를 얻는다. 부지런한 눈팅으로 트렌드를 알아두는 것도 내 글쓰기에 도움이 된다.

제호	콘셉트	특징
뉴니크	- 젊은 세대 타깃의 시사 팩트 중심 뉴스레터	- 쉬운 설명, 글로벌 뉴스나 사회적 약자층에 비중을 둔다.
헤이팝	- 팝업 및 공간 트렌드나 디자인 관련 브랜드 이슈 등을 전해주는 뉴스레터	- 지방 여행 갈 때도 요긴하고, 공간 디자인의 안목을 키울 수 있다.
엘르보이스	- 작가, 팟캐스터, 아나운서, 싱어송라이터 - 100% 여성들이 전하는 삶의 레퍼런스	- 매주 화요일에 1편의 에세이 - 공감할 만한 인터뷰나 이벤트 기사
까탈로그	- 에디터들의 플랫폼 '디에디트'에서 발행하는 뉴스레터	- '사는(쇼핑) 재미가 없으면 사는(리빙) 재미라도' - 브랜드 소식이나 맛집과 신제품 정보, 다양한 문화 소식 - 친구처럼 편안하면서도 살짝 까칠한 말투
생각노트	- 마케터가 수집한 다양한 분야의 트렌드를 공유하는 뉴스레터	- 트렌드와 브랜드에 대한 반짝이는 인사이트
돌멩이레터	- 브랜드 소개 뉴스레터	- '분명한 철학과 진정성을 갖고 용기있게 길을 열어나가는' 브랜드들 - 룰루레몬, 파버카스텔, 스테이폴리오, 호호당 등 한 달에 2개씩 90여 개
롱블랙	- 감각있는 비즈니스를 위한 정보들을 콘텐츠로 제공해주는 유료 뉴스레터	- 세계적인 아티스트 스토리나 경제학자 인터뷰 등 흔치 않은 콘텐츠 - 24시간 안에 읽지 않으면 나중에 추가 비용 발생
허리포트 HER Report	- 에디터&번역가인 ER과 컨설턴트 H - 시즌제 유료 멤버십 뉴스레터	- 십수 년간 국내외 유명 트렌드 스팟, 역사적 관광지들을 다닌 경험 전문가들 - 고품질 여행 정보와 뾰족한 인사이트를 읽기 쉽게 소개

검색의 신

●

공들여 찾아서 남 주는 즐거움

'핑프'라는 말의 설명을 듣고 웃었다. '핑거 프린스finger prince' 또는 '핑거 프린세스'의 줄임말로, 내 스마트폰에서 포털 검색을 하면 나올 것을 뻔히 알면서도 자기 손가락으로 검색하기가 귀찮아서 남에게 시키는 사람들을 그렇게 부른다고 한다. 내 주변에 핑프가 참 많다. 핑프들의 변명을 들어보면 참 다양하다. 첫째, 솔직히 귀찮아서, 둘째, 노안으로 글씨가 잘 안 보이는데 돋보기를 안 갖고 와서, 셋째, 검색해도 원하는 답까지 가는 게 복잡해서.

그렇게 따지면 난 '핑서'다, '핑거 서번트finger servant'. 나 역시 돋보기를 꺼내야 글자가 보이는 노안이지만 여럿이 모여 있을 때 찾아야 할 게 나오면 가장 먼저 손가락을 움직여서 원하는 정보를 찾아낸다. 궁금한 건 못 참는 성격이기도 하고, 어떻게 검색어를 쳐야 원하는 내용이 나올지 동물적 감각이 있다고 자부한다. 모두가 궁금해하는 내용을 먼저 찾아 알려주고, 그에 관련한 알쓸신잡(알아두면 쓸 데 있는 신기한 잡학사전)까지 찾아낸다.

잡지사에서 오래 일해서 그렇다. 팩트는 반드시 확인하고, 모르는 건 찾아봐야 기사를 쓸 수 있으니 찾고 찾고 또 찾는 시간의 연속이었다. 내가 쓴 기사와 관련해서 모르는 게 있으면 팩트 확인이 안 된 것이고, 그런 일이 생기면 자존심이 많이 상했다. 식당이 새로 문을 열면 식당 이름의 연유가 궁금했고, 식재료의 원산지가 나오면 그곳에서 가져온 이유가 궁금했다. 프렌치 식당에서 모르는 이름의 음식이 나오면 그 이름이나 조리법을 알고 싶어 물었다.

그렇게 알게 된 내용들을 메모해놓고 짬 날 때 네이버나 구글을 통해 그 내용에 대해 검색하는데, 그 과정에서 얻는 게 또 있다. '팔발라Falbalas'라는 식당 이름을 보고 프랑스어 사전을 열어 '주름치마'라는 답을 찾았는데 그 옆에 쓰인 단어가 또 궁금해져서 검색은 꼬리에 꼬리를 물고 이어져 하루해가 지는 때도 있다.

○

호기심이 가져다주는 고단함 그리고 배움

이렇게 검색하고 찾아보는 데 시간을 쓰다 보니 검색하는 방법에 나름대로의 노하우가 생겼다. 챗GPT같은 AI가 아직 완벽하게 해결해주지 못하니 내가 쓰는 방법이 당분간은 도움이 될 것이다. 우선 한국에서 사용하는 단어에 대한 검색은 네이버 검색창으로 한다. 카테고리를 뉴스, 어학 사전, 나무위키, 블로그 순서로 검색한다. 용어 표기나 팩트 확인에 대한 내용을 뉴스와 어학 사전에서 하고, 더 이상의 정보가 필요할 때 블로그 검색으로 들어간다. 블로그는 위에 뜨는 것부터 얼핏 봐도 공력이 있어 보이는 블로그를 클릭해서 정보를 얻는다. 단어를 입력하면 자동으로 나오는 연관 검색어가 타이핑 시간을 줄여줄 때도 있다.

식당을 찾을 때는 네이버 플레이스로 먼저 검색을 하는데 리뷰의 개수가 많고, 평가가 좋은 곳을 먼저 찾는다. 식당을 정하고 나면 인스타그램의 식당 계정에 들어가 어떤 메뉴가 맛있는지, 식당 인테리어는 어떤지, 그 식당에서는 어떻게 사진을 찍어야 음식이나 사람이 근사하게 나오는지 남들이 올려놓은 사진들을 살펴보며 식당에 대한 비주얼 정보를 얻는다.

세계적 현상이나 유명인에 대한 정보는 구글로 검색한다. 한글보다는 영어로 검색하면 관련 질문들이 떠서 더 빠르게 팩트에 접근할 수 있다.

<서진이네 2>를 보다가 '아이슬란드 대통령 후보'라는 손님이 등장한 것을 보고 바로 검색을 시작해 그 손님이 아이슬란드 대학의 정치학 교수인 발두르 소르할손이고, 학자로서의 업적과 가족사항, 당시 선거에서 8명의 후보 중 5위였음을 찾아내기도 했다. 다 찾아보고 나서 나의 호기심도 참 쓸데없고 유난스럽다 싶었다.

영화 관련 정보는 IMDB. 영화의 감독과 출연 배우, 개요, 상영정보를 비롯해 명대사, 옥의 티, OST, 촬영 시 있었던 에피소드까지 줄줄이 사탕처럼 끝도 없이 그 영화와 주변 정보가 나온다.

여행 가기 전에 국내는 네이버 플레이스, 해외는 구글 맵에 깃발을 꽂으며 표시하면서, 그곳 위치를 확인하고 정보를 얻는다. 동선을 효율적으로 하려고 큰 종이에 선으로 대략의 지도 모양을 그려놓고 그곳에서 가고 싶은 곳들을 적어나간다. 리뷰는 한국인과 외국인의 리뷰를 적당히 섞어 본다. 다녀와서는 나도 리뷰를 써서 남들의 검색에 도움이 되도록 한다. 구글에서는 지역 가이드라 해서 레벨을 10까지 정해놓고 배지도 부여한다. 포켓몬 찾듯이 이 배지에 연연해서 열심히 기록한다.

유홍준 선생님 책 제목《아는 만큼 보인다》는 아는 게 없으면 보이는 것도 없다는 말이다. 뭘 하든, 어디를 가든 내가 어디에 있는지, 뭘 하고 있는지 인지하기 위해 그리고 헤매지 않기 위해 찾고 또 찾는다. 그래도 여전히 모르는 게 천지다.

메모의 힘

●

쓰고, 찍고, 저장하기

어릴 적부터 글씨 쓰기를 좋아했다. 책에 있는 글을 옮겨 적거나 신문에 있는 한자를 베껴 그리기 좋아해서 종이만 보면 뭔가를 쓰곤 했다. 수첩이나 일기장에 그날 있었던 일을 쓰는 것은 물론이고, 엄마 가계부에 엄마가 불러주는 대로 받아쓰기도 하고, 옆집 언니 편지도 내가 써주겠다고 나섰다. 요즘 젊은 여성들이 '다꾸'라 해서 '다이어리 꾸미기'에 진심이라는데 나도 평생동안 수첩 꾸미기에 진심이었다.

그날의 이벤트, 친구의 말, 탔던 버스번호, 분식집에서 먹은 떡볶이 값 등 모든 게 수첩에 기록되었다. 기록하면서 기억이 따뜻하게 마음속에 새겨졌다. 대학 시절에는 읽은 책을 기록하는 칸이 더해졌다.

기자가 되고서는 취재 수첩이란 걸 받았다. 다이어리 식으로 되어 있는 것이라 앞쪽은 네모 칸으로 나뉘어 있는 스케줄러, 뒤쪽은 가로줄만 표시된 노트였다. 그 취재 수첩을 쓰는 분도 있었지만 대부분 스프링 제본으로 세로로 긴 수첩을 들고 다녔다. 왼손으로 쥐고 오른손으로 쓰려면 한 손에 딱 들어오는 폭이 가장 좋았다.

나는 취재 수첩에는 스케줄을, 취재 나갈 때는 스프링 수첩을 사용했다. 이 수첩에 쓴 글씨는 본인이 아니면 알아보기 어려울 정도로 악필이다. 마치 속기사처럼 인터뷰이가 하는 말을 빨리 메모해야 하니까. '돼지'라는 단어를 쓸 시간이 모자라면 돼지 얼굴을 그림으로 그리기도 하고, 'ㅃ'의 8획을 쓸 시간이 없어 '그릇 위에 플러스' 3획으로, 'ㅎ' 쓰기가 아까워 '6자에 한 일자'로 끝내기도 했다. 학창시절에 명필로 유명했던 내 글씨가 이때 졸필로 변해버렸다, 흑.

기자들이 인터뷰할 때 녹음기를 사용하는 경우가 종종 있는데 이는 인터뷰에 집중하기 위해서이기도 하고, 인터뷰이의 말투를 그대로 전달하기 위해서다. 하지만 녹음을 푸는 데만 대여섯 시간이 걸릴 때도 있어서 대부분 녹음기는 보험처럼 옆에 두고, 중요한 내용은 꼭 메모를 했다. 물론 이런 이야기는 1990년대 이야기고, 지금은 인터뷰이 앞에 노트북을 놓고, 눈을 쳐다보며 손으로 다 타이핑을 하니 뭐, 도움이 되지는 않을 듯하다.

취재 수첩에는 취재한 내용도 들어 있지만 가는 길에 차 안에서 본 독특한 가게 이름이나 그날 점심을 먹은 식당 주방장이 한 이야기, 근처 카페에서 들은 음악의 제목 등 온갖 메모도 같이 쓰여 있다. 메모가 생활화된 것.

메모는 간단하게, 내가 알아볼 수 있는 키워드 몇 개만 적어도 되지만 메모를 생활화하려면 '바로 바로'가 중요하다. 보이는 즉시, 생각나는 즉시 어디든 써놓아야 한다. 굳이 노트를 들고 다니며 기록하지는 않아도 된다.

식당에서 밥을 먹다가 아이디어가 떠올라 냅킨에 메모했다는 에피소드는 유명인들에게도 많다. 존 레논John Lennon과 폴 매카트니Paul McCartney는 냅킨에 가사를 적었고, 알버트 아인슈타인Albert Einstein은 공식이나 메모를 적었다 하고, 영화 〈스타워즈〉의 창작자인 조지 루카스George Lucas도 초기 아이디어를 냅킨에 적었다고 한다. 백남준 선생 생전에 식당에서 냅킨에 메모한 것을 갖고 있다가 미술관에 기증했다는 분도 있다.

냅킨이면 어떻고, 화장실 휴지면 어떤가? 공통점은 생각이 떠오르는 즉시 어디에든 기록을 남기는 게 중요하다는 것이다. 그러려면 노트는 아니어도 펜은 늘 들고 다녀야 한다.

○

구슬은 꿰어야 보배, 메모는 써먹어야 보배

소설가 김중혁은 '스크리브너'나 '율리시즈' 같은 글쓰기 툴을 비롯해 수많은 글쓰기 플랫폼을 사용했는데 가장 좋은 것은 제한 없이 상하좌우로 편하게 쓸 수 있는 '종이'였다고. 컴퓨터로 쓸 때는 구글 드라이브가 초창기보다 좋아지고 본문 검색도 잘 되어 가장 좋다고 소개하기도 했다.

나는 스마트폰을 쓰기 시작하면서 메모 앱에 메모를 한다. 언니들에게 들은 영양제 이름, 유튜브 보면서 적은 음식 레시피, 병원에서 기다리다가 잡지에서 본 샌들 브랜드 이름, 자고 일어나서 생각난 이야기 등 잡다한 내용을 바로바로 메모한다. 책을 읽거나 영화를 보고 또는 블로그 서치하다가 좋은 내용들은 메모 앱에 정리해왔다.

《생활명품》을 쓴 윤광준 작가가 나의 첫 책《언니의 아지트》에 추천사를 써주며 이제 작가의 길로 들어섰으니 에버노트를 사용해보라고, 꼭 유료로, 용량이 큰 프로버전을 쓰라고 추천해주셨다. 덕분에 에버노트에 수많은 정보가 쌓였고, 글을 쓰면서 수시로 에버노트에 저장한 내용들을 활용해왔다.

얼마 전부터는 노션Notion이 에버노트보다 진행이 빠르고 글쓰기에 유용한 도구가 더 많아서 노션을 애용하고 있다. 원고 저장할 때 해시태그를 같이 저장하니 필요한 내용 찾기가 아주 편리하다. 기술이란 게 참 적응할 만하면 더 좋은 게 나오니 새로운 툴 배우는 게 일이긴 하다. 툴을 잘못 써서 애써 써놓은 원고가 날아갈 뻔한 위기도 자주 겪지만 그래도 한번 익혀 놓으면 더 편하게 사용할 수 있으니 이런 데는 게으를 수 없다.

또 하나는 사진으로 메모하기. 풍경 좋은 곳이나 트렌디한 곳에서 인증샷을 찍는 것만이 아니라 기억하고 싶은 내용들을 사진으로 메모한다. 공공화장실에 쓰여 있는 명언을 찍기도 하고, 식당 메뉴판에 쓰여 있는 재료 설명을 찍기도 한다. 요즘은 스마트폰 카메라에 글 스캔과 번역 기능도 있어서 책을 읽다가 좋은 내용을 스캔해서 저장하기도 하고, 외국 여행 중에 유적지 설명을 번역한 내용을 저장하기도 한다.

메모의 중요성은 마지막 갈무리에 있다. '구슬이 서 말이라도 꿰어야 보배'라는 말처럼 아무리 메모를 많이 해도 필요할 때 사용하지 않으면 의미가 없다. 방마다 옷이 가득 있어도 계절별로 제대로 정리가 되어 있지 않으면 눈에 잘 안 보여서 몇 년 동안 입지도 않고 묵히다가 결국 버려지는 옷과 마찬가지다.

수첩이든 앱이든 메모를 한 것들은 메모 앱에 수시로 저장했다가 필요할 때 검색을 통해서 건져 쓴다. 인스타그램에서 가장 유용한 기능이 해시태그인 것처럼 정보가 넘쳐나는 세상을 살면서 검색이 안 되는 저장고는 의미가 없다.

일상에 대한 관심

●

내 옆에 있는 글감 찾기

글감을 정할 때 가장 기초적인 방법은 도서관의 서지 분류 방식으로 카테고리를 나눠보는 것이다. 정치, 경제, 사회, 세계, 과학, 언어, 역사, 예술(음악, 미술, 영화 등), 운동, 환경, 건축, 교육, 여행, 요리, 패션, 심리, 육아, 도서 식으로. 거기에 트렌드, 테크, 비건, 반려동물, 식물, OTT, 게임, 일상, 마케팅 등 최근 트렌드 키워드까지 넣어 분류한 뒤 자신이 관심 있는 분야에 동그라미를 치고 거기에서 곁가지를 쳐 나가는 식이다. 내 경우에는 그중의 하나가 '일상'이라는 카테고리다. 가장 접근이 쉽고, 이야깃거리가 많다.

글쓰기 방법론의 세계적 구루로 통하는 나탈리 골드버그Natalie Goldberg가 《뼛속까지 내려가서 써라》는 저서에서 제안한 '글감 노트 만들기'도 일상에서 시작한다. 창문으로 들어오는 빛의 성질, 한 가지 색을 생각하며 주변의 자연과 사물을 주의 깊게 관찰하고 산책한 경험, 오늘 아침 나의 모습을 구체적으로 묘사하기, 진정 아끼고 사랑하는 장소를 오감을 활용해 묘사해보기, 내가 사는 도시, 나의 할아버지 할머니에 대해 묘사해보기 등이 그렇다.

일상을 문학의 세계로 끌어올리는 데 탁월한 능력이 있는 피천득 선생님의 수필집 《인연》에 나오는 '장미'라는 글이 딱 좋은 예다.

'잠이 깨면 바라다보려고 장미 일곱 송이를 샀다. 거리에 나오니 사람들이 내 꽃을 보고 간다. 여학생들도 내 꽃을 보고 간다'로 시작해 장미 일곱 송이 중 오는 길에 만난 Y에게 두 송이, C의 하숙집에 두 송이, 애인 만나러 가는 K에게 세 송이를 주고, 빈손으로 돌아와 '장미 한 송이라도 가져서는 안 되는 것 같아서 서운하다'는 문장으로 끝난다.

수필집에는 종달새, 장미, 모시, 금반지, 은전 한 닢 등 소소한 사물이나 잠, 기도, 눈물, 인연, 멋, 꿈 등 보이진 않아도 우리 일상에서 자주 일어나는 일들을 소재로 풀어낸 글들이 많다. '장미'만 해도 덤덤하게 써 내려간 글을 다 읽고 나면 내 머릿속에 장미 향기가 가득해지면서 선생님의 서운함에 나까지 가슴이 먹먹해진다. 장미 일곱 송이로 이렇게 따뜻하고 감동적인 글을 쓸 수 있을까 싶고, 내가 '장미'를 주제로 글을 쓴다면 어떻게 풀어나갈지 궁금해진다.

○

색깔 명상하듯 주변을 돌아본다

글을 쓰겠다 하면 《전쟁과 평화》나 《토지》 같은 엄청난 역작을 써야 할 것 같은 욕심도 있고, 최소한 글이 멋있었으면 하는 기대감이 있어서 '롤랑 바르트와 소쉬르의 기호학' 등을 언급하면서 자꾸 일이 커지고, 글은 점점 어렵고 딱딱해진다.

이럴 때는 마음을 차분하게 가라앉히고 주변을 둘러본다. 명상법 중에 '색깔 명상'이란 게 있다. 우선 주변에 녹색이 있는지 관찰해본다. 녹색을 찾으려고 하니 녹색 사물들이 평소보다 눈에 또렷하게 보인다. 평소에는 잊고 살다가 녹색에 주의를 기울이니 다른 색보다 더 잘 보이고, 녹색이 살아 있는 듯 쉽게 알아차리게 된다.

글감을 찾을 때도 시작은 가볍게. 색깔 명상하듯이 내 주변을 돌아보는 것으로 시작한다. 마음을 차분히 하고 주변을 둘러보면 나에게 말을 거는 것이 있다. 과거의 추억을 꺼내주는 것도 있고, 볼 때마다 버려야지 하며 마음만 먹고 못 버리는 것도 있다.

《생활명품》으로 유명한 윤광준 작가는 비누, 물, 계산기, 연필, 수첩 등 우리 주변에서 흔히 사용하는 물건들 중에서 디자인적으로, 기능적으로 뛰어난 물건들을 골라 그 물건의 장대한 서사를 유려한 문장으로 설명했다.

매주 토요일, 그 칼럼이 게재된 물건들은 바로 화제를 모았고, 매장 한구석에 박혀 있다가 가운데로 뽑혀 나와 '윤광준의 생활명품 소개'라는 푯말까지 붙어 판매에도 긍정적 영향을 끼쳤다. 이미 그 물건을 쓰고 있던 사람들은 그 물건의 가치에 새로 눈을 떠서 뿌듯한 미소를 지을 수 있었다. 나도 물건을 살 때면 가능한 한 이 책에 소개된 브랜드의 것을 사게 된다. 늘 쓰는 물건에 관심을 갖고 서사를 부여한 저자의 안목에 존경심이 든다.

'생활명품'이라는 말이 정말 명품이다. 전에는 당연하다고 생각해서 거들떠보지 않았던 생활 속에 잘 스며들어 드러나지 않고 묵묵하게 제 역할을 담당하던 물건과 행동 등에 의미를 부여하니 소중한 것으로 거듭난 것이다.

이 분야의 대가가 또 있다. 일본의 전통 있는 잡지 《생활의 수첩》 편집장이었던 마쓰우라 야타로松浦彌太郎는 41세에 《생활의 수첩》 편집장이 되어 이 잡지를 더욱 새롭게 만들기 위해 10년 동안 일하며, '일의 기본'과 '생활의 기본'을 생각하고 기록했다. 그는 '기본이란 가장 중요한 것, 반복하면 연마되고, 언제나 사용할 수 있으며, 마지막 순간까지 나를 돕는 것'이라고 기본의 중요함을 강조했다. 거꾸로 시작하기, 무조건 읽기, 꼭 한 번은 멈춰 서기, 나이가 들수록 중요한 일은 오전에, 침대 위에서 1분, 3주씩 끊어서 설계하고 실천하기, 노 스크린 데이 등 일상에 의미를 주는 실천 강령들을 제안하고 있다. 하찮아 보이기도 한 이 실천 강령들이 반복을 통해 나를 지탱해주는 든든한 힘이 된다.

○

소소할수록 넓어지는 공감대

<패터슨Paterson>은 일상의 삶을 영위하면서 시를 쓰는 버스 기사의 이야기를 다룬 영화다. 미국 뉴저지에 있는 '패터슨'이란 도시에 사는 '패터슨'이란 이름의 버스 기사는 틈틈이 자신의 노트에 일상의 이야기들을 시로 남긴다. 이야기는 잔잔하면서도 사이사이에 아름다운 시가 들어가 감성적이

고, 매력적이다. 내게 깊은 인상을 남긴 것은 패터슨이 운전하는 버스 안의 공기. 초여름 오후 3시 근교 소도시의 버스 안에서 느껴지는 나른하게 너울거리는 햇빛을 따라 함께 일렁이는 작은 먼지처럼 보일 듯 안 보이는 그 공기가 영화 속에 담겨 있었다. 이걸 어떻게 담아냈을까? 극장에서 본 영화를 OTT에서 몇 번이고 반복해서 보는데 볼 때마다 감동한다. 내가 그 시간, 버스 안에서의 그 느슨한 공기를 경험해봤기에 공감하는 것이다. 일본 영화 <퍼펙트 데이즈Perfect days> 역시 소소한 듯 루틴하게 움직이는 일상으로 감동을 준다. 주인공 히라야마가 휴식 시간에 공원에서 올려다보는 하늘, 그게 참 중요하다.

이렇게 시시한 걸로? 하지만 소재가 소소하고 일상적일수록 나의 이야기는 공감을 얻을 가능성이 늘어난다. 바닷가에 갔다가 주워 온 돌멩이 하나를 갖고도 글을 쓸 수 있지 않을까? 작은 돌멩이도 자신의 이야기가 있고, 나와 만나게 된 이야기가 있을 테니. 늘 가방 속에 있어서 제대로 들여다보지 않았던 볼펜이나 매일 아침 똑같이 반복해서 당연했던 양치질, 지하철역 앞 반찬가게 등 소재는 무궁무진하다. 대신에 한 번에 한 가지만 공략하는 게 좋다. 한 가지 물건이나 현상에 집중해서 글을 쓰는 연습을 하고, 글이 손에 익으면 그때 두어 가지를 연결해서 시너지를 내는 구성을 시도해보는 게 수순이다.

월간 《샘터》에는 그런 소소한 일상을 예찬하는 글이 참 많다. 정기구독을 하는데 한 달에 한 번씩 배달되는 작은 잡지에 어쩌면 그렇게 따뜻한 이야기, 뭉클한 이야기, 유익한 이야기들을 맛깔나게 써낸 글들이 많은지, 글 잘 쓰는 분이 참 많다는 걸 새삼 느끼게 한다. 이미 문단에 이름을 올린 작가들의 글도 있고, 독자 투고로 받은 글도 있다. 장삼이사張三李四를 자처하는 분들의 글은 진솔하면서도 고심해서 단어를 고른 흔적이 보인다. 비슷한 연령대의 분들이 추억을 쓴 글을 볼 때 공감하기도 하고, 젊은 분이 요즘 일상을 쓴 글을 보면서 세상의 변화를 실감하기도 한다.

잡지 크기도 작고 글의 양도 4쪽을 넘지 않아서 가방 속에 넣고 다니며 지하철에서나, 기다리는 시간에 꺼내 보기 좋을뿐더러 다른 사람이 쓴 일상의 글을 읽다 보면 내가 쓰고 싶은 글감도 생각난다. 글을 쓰고 싶게 해주는 잡지랄까?

독서의 즐거움

•

왜 책을 읽는가?

별마당도서관 코엑스점은 '공간'에 대한 이야기를 할 때 늘 성공 사례로 꼽히는 곳이다. 코엑스 지하의 쇼핑몰을 신세계그룹에서 복합상업문화공간인 스타필드로 리노베이션하면서 랜드마크이자 광장의 역할을 할 콘셉트로 도서관을 택한 것은 정말 탁월한 선택이었다. 이름은 '스타필드Star fIeld'를 한글로 한 '별마당'으로, 대박이 났다. 사진 찍으러, 별만큼 많은 책 구경하러 별만큼 많은 사람이 몰려들었다.

별마당이 성공하면서 상업공간에 '책'을 모티브로 꾸미는 곳이 더 많아졌다. 좋은 책을 비치해 손님들이 읽을 수 있게 하는 서비스 개념에서 한 걸음 나아가 책을 인테리어 소품으로 사용해 사진 찍기 좋은 공간을 만드는 마케팅 개념까지 보태진 것. 개중에는 빈 상자에 책 사진을 붙여서 꽂아 놓는 곳까지 생겼다. 진정성을 중요시하는 이들은 그런 면에서 서촌의 오래된 헌 책방인 대오서점이 더 낫다고 이야기한다. 젊은 세대들에게 인기있는 장소로 책을 사는 사람보다 차를 마시는 사람이 더 많지만 그래도 책은 모두 진짜라며.

책이란 게 그렇다. 소설책이든, 잡지책이든, 책을 읽으면 하나라도 지식이 쌓이고, 책을 들고 있기만 해도 똑똑해 보이고, 책이 있는 공간에 있으면 내가 좀 나은 사람처럼 보인다. 착각이겠지만 그렇게 느껴진다. 일부에서는 이런 독서 행동이 과시행위로서의 독서라는 말도 있지만 2023년 국민독서실태조사에서 성인 종합 독서율은 겨우 43%. 성인 10명 중 6명은 일 년에 책을 한 권도 안 읽는다는 현실을 알고 보면, 과시든 위안이든 책이란 키워드가 우리 사회에 살아 있다는 것만 해도 다행이긴 하다.

○

마음의 성장을 위해서

기쁜 소식도 있다. 2024년 6월, 서울국제도서전 2024에는 15만 명이나 되는 최대 인파가 몰렸는데, 그중 20~30대가 반

이상을 차지했다고 한다. 또 SNS에 '북스타그램'이란 해시태그를 붙여 책 표지사진이나 책을 여러 권 쌓아둔 사진을 올리며 '텍스트힙text hip'이란 트렌드를 거론하는 젊은 세대가 많은 걸 보면 영상 매체에 피곤함을 느낀 디지털 네이티브 세대들에게 일종의 도피처로 찾아낸 독서가 힙한 취미가 된 것일지도 모른다.

굳이 젊은 세대의 유행까지 들먹이지 않아도 책을 읽어야 하는 이유는 셀 수 없이 많다. 앞에 언급한 국민독서실태조사 결과를 보면, 독서의 목적을 묻는 질문에 성인들은 '마음의 성장(위로)을 위해서', '책 읽는 것이 재미있어서', '자기계발을 위해서' 순으로 답을 했다. 2019년에는 '새로운 지식과 정보를 얻기 위해서'라는 답이 가장 많았는데, 4년 후에는 '마음의 성장(위로)을 위해서'라는 답이 많아진 걸 보면 코로나19 시기를 거치면서 독서가 내적 성장에 활용하는 방향으로 바뀌었음을 알 수 있다.

'마음의 성장'이나 '새로운 지식과 정보' 등의 이유에 공감하면서도 나는 '책 읽는 것이 재미있어서'라는 대답에 가장 마음이 간다. 독서가 즐겁지 않으면 아무리 지식과 정보를 준다고 해도 강제로 떠먹이는 밥과 다름없기 때문이다.

직업이 직업인지라 나는 책을 좋아하고, 많이 읽기도 했다. 책 욕심은 더 많아서 책꽂이를 살펴보면 사기만 하고 채 읽지 않은 책도 꽤 있다. 책을 사놓고 안 읽는 사람을 뭐라고 부르는지를 묻는 질문에 '지적 허영'이라 하면 오답이고, 정답은 '출판계의 빛과 소금'이라는 말을 듣고 크게 위로받았다. 가끔은 출판계의 더 큰 빛과 소금이 되려는 잠재의식 덕분인지 그 책을 이미 샀다는 걸 깜박 잊고는 또 사기도 한다. 그런 책들은 십중팔구 안 읽고 그냥 책꽂이에 꽂아버렸던 책이다.

○

그냥 책이 좋아서

천국 같은 공공도서관이 1천 개가 넘는 나라에 살면서도 나는 내 책이 갖고 싶어 끊임없이 책을 사들인다. 내 책이어야 밑줄을 긋고, 내 생각을 적었다가 나중에 다시 한번 꺼내 볼 수 있기 때문이다. 어쩌면 어릴 적에 친구 집에 있던 주황색 표지로 된 계몽사의 50권짜리 소년소녀 세계문학전집이 너무 갖고 싶었지만 가질 수 없어 한 권씩 빌려다 읽고 돌려주곤 했던 서글픈 기억이 잠재적으로 작용한 걸 수도 있다. 용돈을 받기 시작하면서 돈이 모이면 책을 샀고, 직장 생활을 시작하고는 책 사느라 돈을 꽤 많이 썼다.

그러다 보니 6단짜리 책장 10개에 책이 꽉 차 있다. 줄인다고 줄인 게 이 정도다. 자문해본다. 나는 왜 이 무거운 책을 끌어안고 사는지. 첫째, 글을 쓸 때 필요한 부분을 인용하기 위해 인덱스 차원에서, 둘째, 재미있게 읽었으니 나중에 나이 들어서 심심해지면 다시 읽고 싶어서, 셋째, 저자 사인이 있는 지인의 책이라서, 넷째, 꽂아놓고 가끔 보면서 내가 읽었다는 뿌듯함을 느끼려고, 다섯째, 책등에 쓰인 제목들을 읽으면서 아이디어를 얻으려고, 여섯째, 책이 있는 공간에서 나오는 지적인 분위기와 안정감을 위해서…. 이 역시 진짜 대답은 따로 있다. 그냥 책이 좋아서.

독서의 하이라이트는 밑줄

•

읽고, 생각하고, 정리하라

책을 왜 읽는지에 대한 고민이 끝나면 다음은 책을 어떻게 읽어야 할지를 생각해봐야 한다. 사람마다 책 읽는 방법은 다르다. 어떤 이는 빠르게 여러 번 읽는 게 좋다 하고, 어떤 이는 천천히 곱씹으며 읽는 게 좋다 한다.

예전에는 '시간은 금'이라고 초 단위로 시간을 쪼개서 효율적으로 사는 게 미덕이어서 나도 책을 빨리 읽으려고 속독학원에 다닌 적이 있다. 방법은 눈동자를 대각선 또는 지그재그로 굴리면서 책을 읽는 것으로, 당시에 책을 여러 권 읽었는데 안타깝게도 뭘 읽었는지 기억에 남는 건 없다. 하지만 세상이 변하고 인간의 평균 수명도 30년은 늘어난 마당에 뭐 그리 급해서 책을 빨리 읽겠는가? 천천히 읽고 곱씹어도 시간이 남아돌지 모르는데.

각자 편한 대로 읽는 것이지만 나는 그래도 천천히 곱씹으며 읽는 방법에 한 표를 준다. 차근차근 읽으며 밑줄도 긋고, 메모도 하고, 다 읽고 나면 느긋하게 걸으면서 내용을 생각해보고, 리뷰든, 독후감이든 기록을 남기면 더욱 좋다. 혼자 하는 것이 부담스러우면 독서모임에 참여하는 것도 좋다.

○

밑줄을 그으며

책이 많아서 이사할 때마다 일하시는 분들에게 죄송스러워 이사 전에 책부터 정리를 시작한다. 다시 읽지 않겠구나 싶은 책부터. 그냥 버리기는 아까워서 먼저 중고도서 앱을 켜고 바코드를 스캔한다. 중고서점에서 받아주는 책과 받아주지 않는 책을 먼저 나누고, 다행히 받아주는 책들은 표지부터 후루룩 넘기며 상태를 확인한다. 이때 책에 밑줄이나 낙서, 접은 흔적, 면지에 저자 서명이 있으면 탈락(아! 어쩔 수 없는 이유로 저자 서명을 받은 책을 버리려면 서명이 있는 페이지는 뜯어서 따로 보관하고 책만 버리는 것이 좋다. 가끔 유명한 분의 서명이 있는 책이 경매에 나와서 고가로 거래되는 경우도 있지만 서명해준 책을 버렸다는 것을 저자가 우연히 알게 되면 그보다 서운한 일은 없으니 말이다).
애초에 한 번 읽고 중고서점으로 넘길 거라면 밑줄보다는 포스트잇을 붙였다가 나중에 따로 기록할 걸 하고 후회하며 그 작업을 하다가 현타가 온다.

의외로 밑줄 그은 책, 저자 서명 받은 책, 페이지를 접어 놓은 책이 꽤 많다. 중고서점에 판매는 못하지만 내가 책을 제대로 꼭꼭 씹어가며 읽었구나 하는 생각에 밑줄 부분, 접은 페이지를 다시 한번 읽는다. '왜 여기 밑줄을 그었을까?' 의구심이 드는 대목도 있고, '오! 이건 정말 주옥같은 문장인걸.' 하면서 그 자리에 철퍼덕 주저 앉아 다시 책을 처음부터 읽는다. 이렇게 시간이 흘러가고, 또다시 '짐 싸기는 내일부터'로 밀린다.

그렇게 수집한 문장은 '나의 밑줄'이란 개인 파일에 저장을 했다가 가끔씩 들여다본다. 보다 보면 나의 밑줄은 대부분 개인적 경험에서 시작된 공감이나 유익한 정보, 멋진 인용문이 많다. 언젠가 이걸 내 글에 쓰겠다는 음흉한 속내가 여실히 드러나 부끄러우면서도 이렇게라도 미천한 기억력을 보완하려 한 나의 성실함에 살짝 더 무게를 주곤 한다.

책을 읽되 티가 나게 읽는 게 좋다. 밑줄을 그어도 좋고,

독후감을 쓰는 것도 좋다. 그 시간이 그 책을 진정한 내 책으로 만들어줄 것이다.

○

나와 읽고, 남과 읽고

당나라 시인 두보科甫의 시에서 '남아수독오거서男兒須讀五車書'라며 다독多讀을 권장했지만 다섯 수레의 책을 읽기만 하고 생각을 하지 않았다면 그건 그냥 시간을 소비하기 위한 취미에 지나지 않는다. 미셸 몽테뉴Michel Montaigne도 《수상록》에서 '책을 읽고 나면 꼭 산책을 하며 사색을 한다'고 했다. 책을 읽는 것도 중요하지만 더 중요한 것은 읽은 내용을 곱씹으면서 생각하는 과정을 거쳐 내 머릿속에서 정리를 하는 것이다. 때로는 공감하기도 하고, 때로는 비평하기도 하면서 생각의 과정이 쌓여서 내 의견이 되고, 그렇게 만들어진 의견을 포함해 내 글에 담아내려면 그 시간이 반드시 필요하다.

독후감이 정리되면 글로 남긴다. 다이어리나 독서수첩에 남겨도 좋고, 블로그나 서점의 리뷰 페이지에 남겨도 좋다. 《언니의 아지트》를 냈을 때 아는 분들이 온라인 서점에 리뷰를 남겨 주실 때마다 고마웠던 기억이 있다. 《나이 드는 것도 생각보다 꽤 괜찮습니다》를 낸 샘터에서 출간 즈음에 서평 이벤트를 했다. 신청자에게 신간을 먼저 보내면 이분들이 인터넷에 서평을 올려주었는데 이 서평 쓰시는 분들의 글솜씨가 훌륭해서 책 판매에도 좋은 영향을 끼쳤다.

서평으로 일가를 이룬 사람도 있다. '알려지지 않아 안타까운 책' '당신이 읽지 않아 내가 읽은 책'들을 페이스북에 소개하는 글을 써온 김미옥 작가는《감으로 읽고 각으로 쓴다》는 서평집으로 널리 알려졌고, 자전적 에세이《미오기전》으로 유명해졌다. 평생을 지켜온 1일 1권 이상 읽기와 쓰기의 결실이 서평으로 활짝 꽃을 피운 것.

이 모든 독서의 방법에 자신이 없으면 함께 책을 읽는 독서모임에 참석하는 방법도 있다. 트레바리, 리더스 등 기업 규모로 하는 유료 독서모임도 있고, 독립서점이나 북카페에서 운영하는 독서모임도 있다. 친구나 이웃과 하는 독서모임까지 포함하면 훨씬 더 많아진다. 자신의 독서 성향에 맞는 독서모임을 선택해서 정해진 책을 함께 읽고, 감상을 나누는 것은 혼자 책을 읽는 것과 완전히 다른 경험이다.

오랫동안 독서모임 강사로 일하다가 책방을 낸 주인장이 운영하는 '서촌 그 책방'의 독서모임에 다닌 적이 있는데, 이

때 같은 책을 읽은 사람들과 독후감을 나누는 시간이 참 소중했다. 오랜 독서의 시간을 경험한 분들과의 모임이라 더 좋았다. 여전히 책을 좋아하고 아끼는 사람들의 감성이란 게 비슷할 수밖에 없는데, 책을 읽은 느낌은 사람마다 조금씩 달랐다. 결은 비슷한데 반짝이는 위치가 다르다고 표현하면 맞을까? 나와 다른 생각이 듣기에 좋았다. 그 다른 생각을 듣고, 집에 돌아와 그 부분을 다시 읽어보는 시간까지가 나의 독서모임이었다.

독서의 또 다른 효과

•

필사를 하면 필력이 는다

집집마다 유선 전화기를 쓰던 시절, 친구 집에 전화를 걸자 친구가 바로 받았다. "여보세요." 소리가 들리자마자 반가운 맘에 하고 싶은 이야기를 속사포처럼 쏟아냈는데 이상하게도 저쪽에서 한참 동안 반응이 없다가 "크크크" 웃는 것이었다. "열심히 얘기하는데 왜 웃어?" 그러자 "나 00 언니야. 00 바꿔줄께. 기다려." 한다. 어찌나 무안하고 당황스럽던지. 확실하게 친구 목소리였는데 바꿔준다는 목소리까지 똑같았다.

그런 실수가 참 잦았다. 쉬는 시간이면 전날의 실수담을 풀면서 한집에 살면 다 목소리가 똑같아지는 이유가 뭔지 다 같이 궁금해했다. 같은 밥을 먹어서 그렇다는 이야기도 나왔고, 전화기의 성능 때문이라는 이야기도 나왔다. 그중 가장 그럴 듯하고 설득력이 있었던 것은 '언니 목소리를 흉내내다 보니 닮았다'는 것이었다. 하긴 친한 사람의 성대모사 정도는 우리도 조금씩 하는 걸 보면 닮아간다는 게 맞는 말 같다고 결론을 냈던 기억이 있다.

글을 쓰면서 이 이론에 점점 비중이 높아진다. 잡지는 여러 기자의 글이 한 권에 실리는데 자기도 모르게 글 쓰는 스타일이 점점 비슷해진다. 서로의 글을 모방하면서 성장하기도 한다. 드라마나 예능 작가들이 도제식으로 큰 작가 밑에 모여 살면서 함께 글을 쓰다가 입봉하면 "누구 밑에 있었다더니 대사나 지문이 비슷하다"는 이야기를 들어도 그렇다.

○

모방은 창조의 어머니

유명한 작가들에게 '글 잘 쓰는 법'에 대해 질문하면 '책을 많이 읽어라' '좋은 글이 있으면 필사筆寫를 해라' '매일 꾸준히 쓰는 연습을 하라'고 한다. '모방은 창조의 어머니'라고 남의 글을 많이 읽다 보면 글에 대한 정보가 쌓이고, 쌓이다 보면 저절로 글을 보는 안목이 생긴다.

더 적극적인 방법으로 필사가 있다. 어떤 책을 필사하면 좋을까? 최근 MZ 세대들 사이에서 '필사'가 트렌드로 떠오르면서 김용철 시인의 《어쩌면 별들이 너의 슬픔을 가져갈지도 몰라》 시리즈가 베스트셀러가 되었고, 장석주 시인이 문학작품과 인문서에서 뽑은 문장들을 모아놓은 《이토록 멋진 문장이라면》, 유선경 작가의 《하루 한 장 나의 어휘력을 위한 필사노트》, 김선영 작가의 《따라 쓰기만 해도 글이 좋아진다》, 박미경 작가가 고른 글들을 모은 《탱자》 등이 손꼽을 만하다. 필사를 할 때는 탄탄한 구조를 가진 문장을 베껴 쓰는 것을 권한다.

'글은 엉덩이로 쓴다'는 격언처럼 필사를 하려면 고도의 인내심과 집중력이 요구된다. 내 글을 쓰는 것과는 또 달라서 필사하다가 교본의 문장을 그대로 사용하는 폐해도 있다. 필사를 하며 나만의 문체를 만들기 위해 목표를 정확히 해야 한다. 시인 윤동주는 시인 백석의 시집을, 소설가 신경숙은 조세희 작가의 《난장이가 쏘아올린 작은 공》을 필사하면서 자신의 문체를 만들었다고 한다.

《태백산맥》의 조정래 작가는 '필사는 책을 되새김질하는 과정'이라 했고, 시인 안도현은 "필사적必死的으로 필사筆

寫했다. 그런 필사의 시간이 없었다면 내게 백석은 그저 하고 많은 시인 중의 하나로 남았을 것이다. 그가 내게 왔을 때, 나는 그의 시를 필사하면서 그를 붙잡았다"고 했다. 필사를 추천하는 분들의 의견을 들어보면 필사를 하면서 마음이 차분해지고, 문장에 집중하니 눈으로 읽는 것과는 달리 문장을 곱씹으면서 내용에 대해 깊이 생각하게 된다고도 하고, 글씨를 예쁘게 쓰게 되었다고 하기도 한다.

이런 필사의 매력을 이용한 이벤트로 전주 최명희문학관에는 《혼불》의 글을 필사하는 코너가 있다. 필사에 참여해보니 《혼불》에 나오는 순우리말의 아름다움을 한껏 느낄 수 있어 좋았다.

글을 쓸 때 입으로 중얼거리는 습관은 필사할 때도 나타난다. 조그맣게 틀어놓은 음악 소리 외에는 아무 소리도 안 나지만 내 입술과 손은 쉬지 않고 움직인다. 입으로 중얼거리면서 그 내용을 음미하는 것이다.

그렇게 읽고 쓴 문장들은 차곡차곡 쌓여 언젠가 훌쩍 자라서 내 마음을 담은 글이 되어 올라온다.

어떻게 시작하는가?

•

때로는 결론부터 쓴다

초등학교에서 독후감을 쓸 때부터 글을 쓸 때는 반드시 서론, 본론, 결론을 갖춰 써야 한다고 배웠다. A4 한 장을 놓고 본다면, 처음 다섯 줄로 한 단락이 서론, 본론은 서너 개의 단락, 그리고 마지막 다섯 줄 한 단락에 결론을 정리하는 게 기본적 글의 구성이다. 서론에서는 내가 글을 쓰게 된 의도나 독자가 글을 읽기 시작하도록 관심을 가질 만한 내용을 쓰고, 본론에서는 배경 설명, 진행 과정, 문제점과 해결방안 고찰 등에 대해 쓰고, 결론에서는 이 모든 상황을 간단하게 정리하며, 이 내용이 시사하는 바를 한 번 더 강조하고 마무리한다.

그중에서도 첫 부분, 글을 어떻게 시작할 것인지는 '글'이란 걸 쓰는 모든 이에게 중요한 고민 중 하나다. 요즘처럼 온라인과 오프라인에 글이 넘쳐나는 시대에는 첫 부분만 읽고, 글 전체를 판단해버리는 경우가 많기 때문에 첫 부분을 어떻게 시작할 것인지에 공을 더 많이 들여야 한다.

○

우연은 노력의 산물

첫 부분이 안 풀려서 여러 날 고민하던 글의 첫 문장이 문득 떠오를 때가 있다. 자고 일어나기 직전이기도 하고, 운동을 열심히 한 직후이기도 하고, 친구들과 이야기를 하다가 떠오르기도 한다. 신기한 마음에 후다닥 메모를 해두었다가 자리 잡고 글을 쓰기 시작하면 그 첫 문장이 글을 끝까지 끌고 간다.

글쓰기에 우연은 없다. 적어도 나는 그렇게 믿는다. 의식하지는 못했어도 머릿속 한 부분에 그 글덩어리가 계속 실타래처럼 들어앉아 있다가 어떤 계기를 통해 실마리가 후루룩 풀렸다고 본다. 그만큼 그 글에 대해 고민을 했기 때문에 아이디어가 떠오른 것이다. 무턱대고 하고 싶은 이야기를 두서없이 적는 것보다는 글을 읽고 싶도록 호기심을 일으키거나 아니면 아주 매력적인 문장으로 글을 시작하고 싶으니 말이다.

글이란 게 매번 술술 나오는 것은 아니어서 어떤 때는 책상에 앉자마자 스르르 써질 때가 있고, 어떤 때는 첫 문장을 고르지 못해 며칠 동안 키보드만 타닥거리기도 한다. 결과물을 놓고 볼 때 글의 품질은 엇비슷하다. 빨리 쓰는 게 능사는 아니다. 글이 써지지 않을 때의 갑갑한 시간이 부담스러울 따름이다.

글이 안 써질 때를 보면, 대체로 하고 싶은 말이 너무 많거나 아주 잘 쓰고 싶을 때이다. 너무 많은 이야기를 담으면 글이 산만하고 어려워지고, 부담을 갖고 쓰면 글에 힘이 들어가 술술 읽기 어렵다. 하고 싶은 말 중에 순위를 정해 두어 가지만 고른다. 나머지는 다른 기회에 쓰면 된다고 생각하고 가차 없이 버린다. 누가 본다는 부담도 떨쳐버린다. 내 글에 믿음을 갖고 누가 보든 거리낄 게 없다는 당당한 태도를 가지면 된다. 수영, 골프를 비롯해 모든 운동을 시작할 때 힘 빼는 것이 가장 중요하다고 배우지만 고수들은 이야기한다. 그게 가장 어려운 거라고, 그래도 할 때마다 힘을 빼려고 노력해야 한다고.

영화에 대한 글을 많이 쓰는 김철홍 평론가가 영화 감상

평에 대해 쓴 글이 있는데, 글의 시작에 대한 좋은 힌트가 될 듯해서 옮겨보겠다.

'첫째, 〈졸업〉에서 더스틴 호프만과 캐서린 로스가 결혼식장에서 도망가는 장면처럼 영화에서 가장 좋았던 장면에서 시작한다. 둘째, 영화 〈파묘〉와 〈곡성〉, 〈매드맥스〉와 〈인터스텔라〉처럼 카테고리별로 비슷한 영화를 비교하면서 시작한다. 셋째, 장르별로 꼭 필요한 문법에 들어맞는지 어떤지를 따지며 시작한다(멜로 영화에 매력적인 '메기'의 등장이나, 액션 영화에 등장하는 빌런의 혈통 같은 것). 넷째, 영화 속에서 느껴지는 시간, 특히 〈덩케르트〉처럼 영화 속 시간이 현실의 시간보다 더 길게 느껴지는 영화 속의 시간에 대한 개념으로 시작한다.'

○

시간의 흐름에 맡겨본다

첫 문장이 어려운 경우, 다음과 같은 방법으로 연습해 보자.

첫 번째는 시간 순서대로 쓰는 것이다. 어릴 적 그림일기 쓰듯이. '아침에 일어나 세수하고 이 닦고 머리 빗고 밥 먹고

학교에 갔다.' 가장 단순하지만 가장 확실하다. 읽는 입장에서 재미는 없지만 이해는 확실하게 된다. '주말에 친구를 만나 동네 맛집에서 점심을 먹고 전시회에 갔다'는 식으로 시작해놓고 그 하나하나의 사건에 대해서 설명하는 식으로 써도 된다.

두 번째는 에피소드로 시작하는 것. 예전에 월간 《행복이 가득한 집》의 맨 앞에는 매달 발행인 이영혜 사장님이 쓰는 '정말 하고 싶은 이야기'가 있었다. 에피소드 구성의 달인이시다. 사장님은 술자리에서도 취재할 만한 소스나 재미있는 이야기는 꼭 메모하는 분이다. 내 가족이나 친구 이야기로 시작하는 글은 재미도 있고, 드라마 같은 흥미진진함도 있어서 빨려들듯 글을 읽게 된다.

세 번째는 결론부터 쓰는 것이다. 서론, 본론, 결론의 일반적 규칙을 무시하고, 내가 하고 싶은 말부터 쓰는 것이다. 거기에 이어서 그리 생각하는 이유를 두어 가지 들어 가면서 글을 써나간다. '십 년 만에 처음으로 감동받은 전시다.' 이렇게 시작하면 대부분 '도대체 뭔데?' 하면서 관심을 갖고 글을 읽기 시작한다.

네 번째는 그날의 날씨, 달력에 표시된 절기나 기념일 이야기로 시작한다. 마치 편지 쓰듯이. 그 글이 읽힐 시점을 고려해서 날씨나 절기 이야기로 시작하면 가장 무난하게 글을 펴나갈 수 있다. 비가 오면 생각나는 추억 하나로 시작하거나 여름이면 전날 먹은 팥빙수 이야기로 시작해도 좋다.

다섯 번째는 화제가 되는 MZ 용어나 사자성어를 놓고 그 단어를 설명하면서 연관된 이야기를 시작하는 것. 유식한 분위기를 풍기면서 자연스럽게 글을 풀 수 있고, 읽는 사람은 몰랐던 정보를 알게 되는 일석이조의 효과를 낼 수 있다.

여섯 번째는 질문을 던지는 것. 대부분의 사람들은 문제를 보면 풀고 싶은 본능이 있어서 어떤 상황에서도 질문을 받으면 꼭 대답하지 않아도 되는데도 머릿속에서는 자신만의 답을 찾게 된다. 특히 쓰고자 하는 글과 관련해서 호기심을 불러일으킬 만한 질문을 하는 것이다. 예를 들면 "올 추석 연휴에 뭐 하실 거예요?"라는 질문을 먼저 던지면 독자들은 내 추석 연휴의 계획에 대해 생각하면서 이 글 안에는 연휴와 관련한 유용한 해결책이 있을 거라고 예상하고 글을 읽기 시작한다.

전 세계 어린이 독자들을 열광케 하는 명랑한 동화책들로 미국 최우수 어린이 도서상을 받은 주디 블룸Judy Blume도 "초고는 고문이다! 정말 너무 힘들다. 일단 초고를 쓰면 내

손에는 퍼즐 조각이 생긴다. 나는 그 조각들을 맞춰 커다란 전체를 완성하는 것을 사랑한다"는 말을 남겼다. 우선 시작하는 게 중요하다. 어찌 보면 첫 문장은 낚시에서 미끼 같은 역할이다. 언제 어디에 던지느냐도 중요하지만 얼마나 먹고 싶은 것을 던지느냐가 관건이긴 하지만. 어쨌든 시작하고 나면 그다음은 저절로 풀리게 마련이다.

어떻게 펼쳐 나갈 것인가?

•

3의 힘을 믿자

서론에서 관심을 끄는 데 성공했다면 다음은 본론. 하고 싶은 이야기를 시작할 때다. 지인들과 이야기하다 보면 한참 이야기하다가 한두 명의 추임새에 반응하느라 샛길로 빠져서 결국 "내가 무슨 이야기하려 했더라?"하며 깔깔 웃고 넘어가는 경우가 있다. 수다의 시간에는 웃고 끝날 일이지만 글을 쓰는 데 주제를 헷갈리는 일은 없어야 한다. 그래서 가끔은 주제가 되는 키워드를 모니터 옆에 붙여놓고 글을 쓴다. 에피소드로 일관하다가 주제를 빼먹는 불상사를 막기 위한 최소한의 예방책이다.

○

마인드맵으로 이야기 나무 만들기

서론에서 잘 들어온 글을 본론에서 잘 끌고 가기 위해 나는 마인드맵(스토리 트리)을 사용한다. 글을 시작하기 전에 A4용지를 하나 꺼내놓고 내가 쓰려고 하는 내용을 생각한다. 가장 중요한 키워드를 가운데 쓰고, 그 옆으로 떠오르는 것들을 써 나간다. 곁가지에서 생각나는 것은 계속 가지치기를 해나간다. 예를 들어보자.

'아침에 먹는 사과 한 알'에 대한 글을 쓴다면 사과를 가운데 두고 '과일' '빨간색' '열매' '건강' '아침습관' '실러의 썩은 사과' '역사 속 3대 사과' 등 생각나는 단어들을 빙 둘러 가며 쓴다. 그 중 '실러의 썩은 사과'를 서론이라 표시하고, 건강, 아침 습관, 빨간색, 열정, 역사 속 3대 사과를 본론에 두고, '열매'를 결론에 두는 식으로 구획을 나눈다. 그리고 그 요소들을 순서대로 배열하고 글을 쓰기 시작한다.

'어디선가 썩은 과일 냄새가 난다. 여행가던 날 아침에 먹으려고 꺼내 놓고 여행을 길게 다녀왔더니 사과가 물러서 썩어가고 있다. 실러처럼 영감을 떠올리려고 한 것도 아닌데. 건강을 위해 아침에 사과 한 개 먹으면 좋다고 하기에 그렇게 하고 있다.'

이렇게 시작을 해놓고, 아침에 일어나 사과를 보고 나처럼 감동하고, 영감을 얻었을 수많은 사람을 열거한다.

'세계 역사에 영향을 준 3대 사과로는 첫째, 아담과 이브가 먹은 선악과, 둘째, 뉴턴에게 만유인력을 발견하게 해준 사과, 그리고 셋째에 대해서는 설이 많다. 각자의 필요에 따라 파리스의 판결에 나오는 사과, 인상파의 거두인 세잔이 그린 사과, 윌리엄 텔의 화살에 맞은 사과, 스마트폰으로 세상을 바꾼 애플의 사과 등.'

유명한 사과에 대한 이야기를 하며 글의 흐름에 맞춰 여러 개의 사과 중 하나를 세 번째 사과로 골라 쓴다. 그리고 결론.

'아침마다 사과 한 알을 먹으며 여러 가지 생각을 하게 된다. 이 사과 한 알이 내 몸을 건강하게 하고, 정신을 살찌운다. 나도 이 사과처럼 유익한 열매를 맺는 하루를 살아야겠다.'

이렇게 초고를 준비한 뒤 다음에 살 붙이기를 시작하면 글의 구성이 어느 정도 갖춰진다. 살을 붙이는 과정에서 문장의 흐름을 위해 살짝 옆길로 갈 때도 있지만 전체 틀을 만들어놓았으니 다른 이야기를 하다가도 얼른 돌아올 수가 있다. 가끔 옆길로 들어가다가 불현듯 더 나은 아이디어가 생겨서 글을 새로 쓰는 일도 있다. 다시 쓰게 되더라도 미리 만들어놓은 틀이 있으면 훨씬 수월하게 새로 쓸 수 있다.

○

반복, 중재, 절제에는 3이 약

본론 역시 3단 구성이 좋다. '인간은 모두 죽는다, 소크라테스는 인간이다, 따라서 소크라테스는 죽는다'라는 대표적 정언삼단논법으로 풀어가거나, 시간상으로 과거-현재-미래를 거치면서 자연스럽게 풀어가기도 하고, 단순하게 같은 상황의 사례 세 가지를 들어 풀어가는 방법도 있다. 이 모든 경우에 '3'이 등장한다. '3'이라는 숫자가 가진 반복과 중재, 절제의 매력 덕분이다.

먼저 반복의 힘. 내 글의 신뢰도를 높여주기 위해 예시를 들 때 사례는 세 가지는 들어야 한다. 한두 개로는 부족하지만 세 개가 되면 객관성이 생긴다. 사례가 너무 적으면 신뢰도가 떨어지고, 너무 많으면 집중력이 분산된다. 세 가지 정도가 메시지도 명확하게 전달하고, 시간을 효율적으로 관리할 수 있다.

둘째, 중재의 힘. 두 명이나 네 명이면 편을 갈라 싸워도 승패가 나기 어렵지만 세 명이면 양쪽의 주장을 파악하고,

중간 위치에서 서로 만날 수 있도록 다리가 될 수 있다. 정반합의 이론을 활용해 열정적인 빨간색의 주장과 냉정한 파란색의 주장을 소개하고, 양측의 주장 중 좋은 것만 골라 섞어 보라색이라는 신비로운 색을 대안으로 제안할 수도 있다.

셋째, 절제의 매력. '듣기 좋은 꽃노래도 한두 번'이라 했다. 적합하다고 생각하는 사례가 세 가지를 넘으면 읽는 사람들은 벌써 지루해진다. 독자들이 집중해야 할 시간을 적당하게 감안해야 하는데, 그때 필요한 숫자가 3이다.

쓰고자 하는 글감이 있고, 충분한 자료 조사가 되었다면 먼저 마인드맵을 통해 써야 할 내용을 정리하고, 서론, 본론, 결론을 구상한 뒤 3단락의 본문, 3가지 사례로 글을 써보자. 하얀 종이를 앞에 두고 머릿속이 까매지는 시간이 훨씬 줄어들 것이다.

어떻게 마무리할 것인가?

•

결론은 간결하게

서론, 본론, 결론의 구성은 이렇다. 서론에서 자신이 말하고자 하는 내용과 그에 대한 근거를 짧게 소개하고, 본론에서 서론의 내용을 하나씩 풀어 설명한 다음 결론에서는 본론의 내용을 다시 한번 요약하고, 자신이 말하고자 하는 의견을 최종 정리한다.

단편소설은 앨리스 애덤스Alice Adams가 정리했듯 '액션Action, 배경Background, 발전Developement, 절정Climax, 결말Ending'이고, 기사는 요약Summary, 배경Background, 현재 상황And Now, 의견Comment의 구성이 기본이다.

학교에서는 이 구성으로 독후감을 쓰며 연습했는데 결론에는 반드시 책을 읽고 얻은 교훈을 써야 했다. 서론, 본론은 내용을 요약하는 식으로 해서 어렵지 않게 하는데, 마지막 교훈이 참 어려웠다. 위인전을 읽으면 '나도 이분처럼 훌륭한 사람이 되도록 열심히 공부해야겠다', 소설을 읽으면 '주인공처럼 행복한 결론을 맞기 위해 나도 착하게 살겠다.' 이런 식으로 어렵게 마무리했던 기억이 있다. 요즘도 가끔 이 습관이 남아서 SNS 글 마무리에 습관처럼 나의 다짐을 적다가 화들짝 놀라서 정신을 차리곤 한다. 그건 너무 촌스러우니까.

○

결승점을 향한 100미터 달리기

예전에는 이렇게 글의 마지막에 주제를 이야기하는 미괄식이 정석이었다. 허나 글도 세상이 바뀌는 것과 함께 바뀌고, 트렌드도 있다. 특히 논술시험이 생기고, 취업할 때 내는 자기소개서에 개성이 강조되면서 논리적인 글쓰기의 정석이 바뀌었다. 처음부터 결론을 이야기하고 시작하는 두괄식이나 앞에서 이야기하고 뒤에서 다시 반복해서 강조하는 양괄식이 더 각광받기 시작한 것. 물론 이런 글쓰기는 자기소개서, 논문, 연설문 등에서 빛을 발한다.

일반적 문학 장르에 들어가는 시, 소설, 수필은 논리적 글쓰기보다 내용과 문제, 감성적인 부분이 더 중요하니 두괄식, 미괄식, 이런 건 별 의미가 없다. 역사서라면 시간 순서대로 쓸 것이고, 소설이면 기승전결을 잘 갖추면 된다고 본다.

그럼에도 문학적인 글이든, 연설문이든 결론은 있어야 한다. 그 글을 쓰는 이유를 확실히 해야 하기 때문이다. 글 전체의 주제가 결론에 담겨 있기에 두어 줄이라도 그것을 앞에 둘지, 뒤에 둘지 고민하는 것이다.

논문이나 연설문이라면 서론에서 내 의견을 내놓고, 본론에서 그 의견을 낸 이유와 근거가 되는 사례들을 설명한 뒤, 결론에서 내 의견을 다시 한번 정리한다. 이때 결론은 간결하고 명확한 문장으로 핵심을 요약하는 게 좋다. 글쓰기 연습 방법 중 5분짜리 연설문을 단 한 문장으로 요약하는 연습이 있는데, 이 방법은 핵심을 파악하는 데 큰 도움이 된다.

수필이라면 서론에서 일상에서 겪은 작은 경험 이야기로 관심을 끌고, 내 생각과 의견의 근거들을 하나 둘 쓰고 나서 결론에서는 서론에서 거론했던 경험을 다시 상기시키고, 내가 이 글을 쓴 이유를 완곡하게 표현한다. 여력이 된다면 무리하지 않는 선에서 위트를 가미해도 좋다.

글쓰기 강의를 하는 분 중 결론을 먼저 쓰고 시작하라고 이야기하는 분도 있다. 결론을 먼저 써놓고 글을 쓰면 결승점을 향해 100미터 달리기를 하는 것처럼 줄을 벗어나지 않고 똑바로 가게 되니 글의 요점이 흐트러지지 않고 간결하게 쓸 수 있다고.

나도 가끔 결론을 먼저 써놓고 글을 쓴다. 글머리가 잘 떠오르지 않을 때 이렇게 하는데, 결론을 먼저 쓰면 글 시작하기도 좀 편하고, 거의 샛길로 안 빠지고 효율적으로 할 이야기를 줄줄 하게 된다. 대신 글의 재미는 좀 떨어진다. 마치 결론을 미리 알고 보는 스릴러 영화 같다고 할까?

그래서 보완책으로 글이 어느 정도 완성되었을 때 앞의 결론을 뒤에 갖다 두고, 앞 머리를 다시 쓴다. 신기하게도 처음에 그렇게 안 써지던 첫머리가 술술 풀린다. 아마도 글을 쓰는 동안 그 주제에 대해 더 깊이 생각해서 그런 듯하다. 나중에 보면 처음 것보다는 훨씬 낫다.

문장의 길이에 대한 고민

•

짧아야 명료하다

'최고의 시절이었고, 최악의 시절이었고, 지혜의 시대였고, 어리석음의 시대였고, 믿음의 세기였고, 불신의 세기였고, 빛의 계절이었고, 어둠의 계절이었고, 희망의 봄이었고, 절망의 겨울이었고, 우리 앞에 모든 것이 있었고, 우리 앞에 아무것도 없었고, 우리는 모두 천국을 향해 똑바로 나아가고 있었고, 우리는 모두 천국을 등진 채 반대로 나아가고 있었다.'

전 세계 문학작품 중 첫 문장이 아름답기로 유명한 찰스 디킨스Charles Dickens의 《두 도시 이야기》 첫 문장이다. 139자, 13개의 쉼표, 14개의 구로 이뤄진 단 한 문장이다. 처음에는 이게 무슨 말인가 싶고, 13개의 쉼표로 이어지는 긴 호흡의 문장이 당혹스럽기도 했다. 하지만 이 첫 문장 하나로 단번에 이 소설에 빨려 들어갔고, 열 번을 곱씹어 읽어도 이야기 전체의 맥을 관통하면서 품격과 위트를 갖춘 이 문장에 매번 감탄하곤 한다.

반면에 가와바타 야스나리川端康成의 《설국》 첫 문장처럼 짧지만 강력한 인상을 남기는 첫 문장도 있다.

'국경의 긴 터널을 빠져나오자, 눈의 고장이었다.'

순식간에 나를 눈 덮인 일본 니가타현으로 바로 끌고 가버린 한 문장이다. 문장 하나로 내 몸은 기차에 실려 어두운 터널을 빠져나오고 있다는 착각, 당시에 가본 적도 없던 니가타현의 온천마을이 눈앞에 펼쳐지는 신비로운 경험을 했던 기억이 있다. 나중에 눈으로 덮인 니가타현에 간 적이 있는데, 그곳에 머무는 동안 가와바타 야스나리의 문장이 계속 떠올랐다. 그만큼 짧지만 적확했다.

글을 쓸 때 자주 듣는 조언 중 하나는 '문장을 짧게 쓰라'는 것인데, 문학사적으로 의미 있는 이 두 문장만 놓고 보면 문장을 짧게 쓰고 길게 쓰고는 그리 중요한 일이 아니라는 생각이 든다. 길든 짧든, 잘 쓰면 아무런 문제가 없으니 말이다.

그럼에도 불구하고 처음 글을 쓰는 거라면 가능한 한 짧게 쓰는 게 좋다. 찰스 디킨스 정도는 되어야 숨쉴 틈 없이 몰아치는 문장 속에서도 글이 길을 잃지 않고 책 전체의 내용을 암시하는 압도적 감동을 줄 수 있는 법. 보통 사람의 경우 저렇게 쓰면 문장 속에서 주어와 서술어를 맞추기가 어려워지고, 수식어와 비수식어의 구분도 모호해져 결국은 길을 잃기가 십상이다.

○

말이 길어지면 실수가 생긴다

연말이면 TV에서 여러 가지 시상식을 한다. 상의 종류는 다양하지만 수상자들의 소감은 천편일률적으로 000 대표님, 000 실장님, 000 등 지인들을 호명하며 감사를 전하기에 바쁘다. 70년대 미스코리아 대회 때는 진이 되어서 단골 미장원을 거론하면 그 미장원에 손님이 몰렸다니 일종의 마케팅이라고도 볼 수 있겠지만. 호명된 당사자를 제외한다면 말하는 사람이나 보는 사람이나 피곤한 일이다. 또 나중에 수상자가 개인 SNS를 통해서 누구를 호명하지 않아서 미안했다는 후기도 종종 보인다.

유명한 수상자만 그럴까? 나 역시 예전에 십여 명이 있는 모임 단톡방에서 나의 다정함을 보이겠다고 한 사람, 한 사람 근황을 거론해가며 칭찬을 길게 써서 보냈는데 "나는 왜 없어?"라는 댓글이 올라왔다. 그냥 뭉뚱그려서 좋은 말 한마디 하고 넘어가면 될 일을 굳이 한 명, 한 명 열거해서 사달이 난 것. 또한 두어 명만 거론하면 될 것을 전체를 다 하려다 보니 몇 명에 대해서 궁색하게 짜낸 말을 붙이게 된다.

글도, 말도 마찬가지다. '사족蛇足' 요즘은 'TMIToo Much Information'라고 하는데, 말 그대로 안 해도 본질에 전혀 영향이 없는 것을 '굳이' 하나하나 끌어와 붙이는 이유는 뭘까? 생각해보면 '척'을 하고 싶은 게 원인이다. 배려하는 척, 아는 척, 친절한 척. 나열의 문장에는 '~이고, ~이며' 같은 조사가 중복적으로 사용되면서 문장이 길게 늘어진다. '~이고, ~이며'를 반복 사용하면서 문장을 탄탄하게 구성하기는 어렵다.

'진주성에서 조선 군사 5천이 죽었다. 닭 한 마리 살아남지 못했다. 나는 밤새 혼자 앉아 있었다.'

글 잘 쓰기로 유명한 작가, 특히 짧고 간결한 문장으로 강렬한 흡입력을 보이는 김훈 작가의 명문 중 하나인 《칼의 노래》에서 뽑은 글이다. 김훈 작가는 얼마 전 강연회에서 "글 쓸 때 형용사를 싫어한다. 형용사로는 사물을 제대로 묘사할 수 없다. 초고를 쓴 뒤 퇴고할 때 형용사와 부사를 모조리 죽인다. 내가 형용사를 싫어하는 것은 사물을 형용할 수 있는 단어가 없기 때문이다. '추운 겨울'이라는 표현에서 '추운'이란 형용사가 표현하는 것은 거의 없다. '노란 개나리'의 '노란'도 마찬가지다. 그렇다고 부사와 형용사를 완전히 죽일 수는 없다"고 자신의 글쓰기에 대한 이야기를 한 적이 있다. 최근에 나온 산문집 《허송세월》에서도 '형용사나 부사 같은 허접한 것들이 문장 속에 끼어들어서 걸리적거리는 꼴들이 역겹고'라며 여전히 형용사와 부사의 느슨한 사용에 대해 경계심을 늦추지 않고 있다.

○

어느 정도가 적당할까?

부사와 형용사를 최대한 절제해서 사용하라는 말에 전적으로 공감했다. 그럼 어느 정도가 적당한 것일까?

1. 나는 책을 읽는다.

'주어, 목적어, 서술어'로만 구성된 문장은 사실

을 전달하는 데 아무런 문제가 없지만 어떤 책을 읽는지, 왜 이런 행동을 하는지 설명이 부족하고 문장 자체가 밋밋하다.

2. 나는 애거사 크리스티의 새 책을 흥미롭게 읽는다.
   단순한 문장에 사실을 인지하는 데 도움이 되는 수식어만 추가했다.

3. 추리물을 좋아하는 나는 애거사 크리스티의 새 책을 바짝 끌어당기고, 온몸을 잔뜩 웅크린 채 흥미롭게 읽는다.
   앞뒤에 부가적으로 설명을 돕는 수식어들이 붙을수록 이야기의 뼈대가 보이고, 앞으로 어떤 이야기가 진행될지 기대를 갖게 된다.

4. 시종일관 신경을 곤두세우고 읽게 되는 추리물을 좋아하는 나는 세계적인 추리 소설가인 애거사 크리스티가 최근에 새로 펴낸 책을 보느라 무릎을 바짝 끌어당기고, 팔다리의 근육이 단단해져서 잔뜩 웅크린 채 어느 때보다도 높은 긴장감을 갖고 눈동

자를 또르르 굴리며 흥미롭게 읽는다.

하고 싶은 이야기는 다 했지만 문장은 한없이 늘어져서 애거사 크리스티가 주어인지, 무릎을 끌어당긴 게 중요한 사실인지 초점이 흐트러진다.

1번부터 4번까지의 문장 모두 특별하게 문제는 없지만 글을 쓰는 데 있어 가장 적합한 태도의 문장을 뽑으라면 2번이다. 특별한 경우를 제외하고 수식이 적은 문장이 내용을 전달하는 데 좋다. 활을 쏠 때 화살에 장식이 많으면 바람의 저항을 많이 받아서 속도가 느려지고, 정확하게 표적을 맞히기 어려운 것과 같은 원리다.

문장은 쉽게…

●

독자는 중학교 2학년이라 생각한다

글을 쓴다는 것은 우리가 일상생활에서 하는 모든 행위 중에서도 가장 지적이고, 자긍심을 높이는 일이다. 내가 쓴 글을 누군가 읽고 나서 그 글에 담겨 있는 의도에 공감하거나, 글 자체에 대해 긍정적 반응을 보인다면 그보다 더 뿌듯한 일은 없을 것이다.

첫 문장을 쓰면서부터 이 글은 누군가에게 보여줄 글이라는 게 정해져 있으면 남녀불문하고 수컷 공작처럼 누구보다도 화려한 날개를 펼치고 싶다는 생각에 손가락 끝에 긴장감이 감돈다. 글을 시작하기도 전에 수천 명의 독자가 나를 지켜보는 것처럼 느껴져서 최대한 현학적 단어들로 우아한 문장을 구사해서 내가 똑똑하고 멋진 사람으로 보이고 싶어진다. 네이버 검색창을 두드려야 찾을 수 있는 어려운 심리학 전문용어나 우연히 알게 된 라틴어 단어를 섞어 넣어야 내가 당신들보다 한 수 위의 지식을 갖고 있다는 확신이 들 수도 있다. 내 글을 읽는 사람들은 이 정도는 다 알고 있을 거라는 엘리트 의식에 젖어 '당신 글이 어렵다'는 이야기를 들을수록 더욱 자기만족에 취할 수도 있다.

사자성어나 철학 용어를 쓰는 것은 좋다. '감언이설' 정도로 일반 대중이 보고 바로 이해할 수 있는 수준이면 괜찮지만 '이 정도는 알아야지.' 하며 교수들이나 알 수 있는 수준의 전문용어를 사용해버리거나 또는 그걸 설명하느라 진을 빼서 원래 문장의 의도가 길을 잃는 것은 피해야 한다.

문자로 이뤄진 글 중에 대할 때마다 곤혹스러운 것은 미술평론가들의 글이다. 특히 현대미술 작품에 대한 글이다. 오색의 캡슐을 나란히 늘어놓은 데미언 허스트Damien Hirst의 작품이나 커다란 원형 거울을 만든 아니쉬 카푸어Anish Kapoor의 작품을 보면서 내가 느낀 감정이 너무 일차원적인가, 내가 문해력이 떨어지나 하는 생각이 들게 하는 글들 말이다. 김홍도의 〈씨름도〉에 대한 평론가의 글은 쉬워야 하고, 박서보의 '묘법'에 대한 글은 어려워야 하는 것일까?

○

어려운 건 쉽게, 쉬운 건 깊게, 깊은 건 재미있게 하라

'어려운 건 쉽게 만들고, 쉬운 건 깊게 만들고, 깊은 건 재미있게 만들어라.' 일본의 극작가 이노우에 히사시井上廈의 말이다.

저널리즘 교육을 받을 때 독자는 모두 중학교 2학년 수준으로 생각하고 글을 쓰라는 이야기를 많이 듣는다. 내가 아무리 아는 게 많고, 그 상황을 표현할 단어가 딱 그 한 글자밖에 없다 하더라도 최대한 쉬운 우리말 단어를 사용하고, 주어와 술어가 한눈에 보이는 명료한 문장으로, 수동적인 표현보다는 능동적인 표현을, 한 문단은 5~6줄을 넘지 않게 해야 한다고 배운다.

중학교 2학년이란 법으로 정한 초등 6년, 중등 3년, 총 9년 의무교육을 받는다 가정했을 때, 만 14세. 신체적으로 활발한 성장이 진행 중이고, 언어상으로는 한국어와 약간의 영어 단어를 이해하고, 수리학이나 예체능 이론의 기본 단계를 넘어서 사회 구성원으로서 최소한의 역할을 할 수 있는 나이다.

오늘날의 중2는 북한군도 무서워할 정도로 몸도, 마음도 성장의 속도가 너무 빨라서 진중하게 앉아 300페이지가 넘

어가는 세계문학전집을 읽기보다는 걸어가면서도 눈을 떼지 못하게 하는 네이버 웹툰이나 컴퓨터 게임이 더 익숙한 나이이긴 하지만 이 사람들이 읽고 쉽게 이해할 수 있는 글을 써야 한다.

한자 문화권인 역사적 환경으로 인해 우리가 사용하는 단어들 중에는 한자를 모르면 이해가 안 되거나 오해가 생기는 것들이 꽤 많다. 예전에는 온 국민이 받아보는 신문에도 한자가 쓰였지만 이제는 열 획이 넘어가는 한자는 쓸 수 있는 사람도 거의 없다. 그렇다고 순우리말을 전적으로 사용하는 것도 아니라서 순우리말 사전을 옆에 끼고 자주 사용하는 것은 어딘지 국수주의적이라는 느낌을 준다. 오해가 생길 한자 단어는 옆에 한자를 병기併記하고, 가능한 한 대중적인 한글 단어로 풀어 사용하는 것이 좋다.

또한 문해력 논란이 생길 정도로 요즘 독자들은 긴 문장을 힘들어한다. 특히 한국어는 주어와 술어 사이에 목적어, 보어 등이 들어가고, 형용사와 관형사, 부사가 사이사이에 들어가서 수식어가 많아지면 주어는 찾아도 술어를 못 찾거나 착각할 가능성이 크다. 문장을 길게 써서 늘어뜨리는 것은 피해야 한다.

분량이 많으면 줄 바꿈도 중요하다. 최대한 5~6줄에서 줄 바꿈을 해야 독자가 쉽게 읽을 수 있다. SNS에서도 가끔 줄 바꿈 없이 빼곡하게 글을 써서 올리는 분들이 있는데, 읽는 사람 입장에서 참 힘들다.

물론 예외는 있다. 많은 지식인이 평생 읽은 책 중에 가장 감명깊게 읽은 책을 꼽으라면 마르셀 프루스트Marcel Proust의 《잃어버린 시간을 찾아서》를 꼽는다. 한국어 번역본으로는 7권의 책으로 된 이 책은 첫 페이지부터 빼곡하게 글이 차 있다. 문장 하나하나가 아주 긴데, 줄 바꿈도 거의 없고 단락 사이의 여백도 없다. 처음 책을 펴고 서너 페이지를 넘기다가 도대체 어디서 쉴 수 있는지 책을 뒤적거렸는데, 끝까지 이렇게 되어 있어 살짝 고민하다가 자세를 다시 잡고 읽기 시작했다.

2023년 노벨문학상을 수상한 노르웨이 작가 욘 포세Jon Fosse의 《아침 그리고 저녁》은 전체 130페이지 중 마침표가 딱 10개 있다. 문장은 단지 쉼표로만 호흡을 허용하고, 잿빛인 하늘, 새벽의 추위 등 주인공 요한네스가 확신할 수 있는 순간에만 마침표를 사용하는 독특한 형식이다. 읽으면서 당황스러웠지만 최선을 다해서 집중했다. 그리고 감동했다.

이렇게 작가의 의도로 마침표도, 행간 여백도 허용하지 않는 경우가 간혹 있지만 모름지기 범부의 글은 친절해야 한다.

말과 글

•

말하듯 쓰라고?

2018년부터 세 권의 에세이를 책으로 출판했다. 《언니의 아지트》《선물하다》《나이 드는 것도 생각보다 꽤 괜찮습니다》. 《언니의 아지트》는 내가 자주 찾고 좋아하는 남의 공간들 80여 군데를 소개한 것이고, 《선물하다》는 수십 년간 주고받은 선물 중 기억에 남는 것들에 대한 이야기였고, 《나이 드는 것도 생각보다 꽤 괜찮습니다》는 50대 들어 갱년기를 지나고나서 밀려드는 허무감과 점점 약해지는 체력을 감내하고 당면하기 위해 나이 드는 것의 긍정적인 면을 찾아보자는 인생의 언니로서 한 제안이었다.

애초에 '세상에는 책이 너무 많으니 나까지 보탤 필요가 없고, 남들이 낸 책을 열심히 읽자'고 굳게 믿고 살던 내가 책을 내기로 생각을 바꾼 건 출판사 대표의 꿀 같은 제안이었다. 대표는 '당신 SNS와 블로그를 보면 글이 술술 읽히더라, 쉽게 읽히는 에세이를 잘 쓸 것 같다, SNS에 있는 정보들은 물처럼 흘러가버리니 책으로 남기는 게 좋지 않겠느냐'며 나를 유혹했고, 나는 책을 쓴다는 게 부담스럽긴 했지만 내가 좋아하는 공간들을 책으로 묶어서 소개하면 그 공간들을 만든 주인들에게도 도움이 되겠다는 생각으로 승낙하게 되었다.

막상 책을 내고 보니 내 집처럼 수시로 편하게 드나들던 공간의 주인들에게 밀린 빚을 청산한 듯 마음이 편해졌다. 그분들도 책 보고 왔다는 손님들 이야기를 전하며 출간을 축하해주셨다. 출판기념회에서 지인들이 '음성지원이 되는 줄 알았다.' '네가 말하는 것 같더라'고 소감을 전해주었고, 북 토크를 통해서 만난 독자들은 '술술 쉽게 읽었다.' '나랑 다녔던 곳이 비슷해서 반가웠다.' '나도 이런 감정을 느꼈던지라 공감하며 읽었다'고 반가움을 표시했다.

세 권의 에세이를 내고 수많은 북토크를 했다. MBTI 검사를 해보면 'I'로 시작하는 나로서는 내가 쓴 책을 읽은 분들이 '작가님'이라 부르는 것은 여전히 쑥스럽고, 북토크는 더 부담스럽다. 일하면서 많은 사람 앞에서 이야기할 기회가 거의 없었고, 어쩌다 생기면 힘들게 그 시간을 넘겼다.

○

말할 수 있으면 글도 쓸 수 있다

《쓰기의 방법》을 쓴 앤 라모트Anne Lamott는 '좋은 글쓰기란 가장 간단하게 말하는 법을 찾는 것'이라 했고, 어떤 사람들은 '말하듯이 쓰면 된다'고 하지만 '말하기' 와 '글쓰기'는 좀 다른 영역인 듯하다. 머릿속에서 세 번을 곱씹고 입으로 내보내라는 선인들의 조언이 있음에도 '말하기'는 아무래도 시간적으로 촉박하고 급하게 이뤄진다.

나 혼자 연설을 하는 경우라면 몰라도 '말'로 이뤄지는 대화를 할 때는 사고력과 순발력이 동시에 필요하다. 말로 할 때는 주어와 서술어가 좀 바뀌어도, 문장의 마무리가 깔끔하지 못해도, 가끔 안 어울리는 형용사나 부사를 사용해도 표정과 몸짓으로 맥락을 이해할 수 있다.

말하기와 달리 글쓰기는 시간적으로 여유가 있다. 일반적으로 아무리 급하게 청탁을 받는다 해도 한 시간 안에 글을 써야 할 일은 없다. 트위터 100자를 쓴다 해도 내가 조절할 수 있는 시간과 공간에서 글의 구성을 고민하고, 쓰면서도 썼다 고쳤다 반복하며 문장을 다듬고, 다 쓴 후에는 두어 번 퇴고를 거쳐 세상으로 내보낸다.

그럼에도 '말하듯 쓰라'는 건 '말하기'는 자신의 언어로 의견을 표현하는 방법이고, 상대적으로 '글쓰기'보다 익히기 쉽기 때문이다. 아기가 태어나 옹알이를 거쳐 걷기도 전에 '엄마' '맘마' 하면서 말을 시작해 자연스럽게 타인과 소통하며 성장하는 것처럼 사람에게 '말하기'는 별다른 공부 없이 대부분 쉽게 할 수 있는 재능이다. 물론 가족, 친구와의 대화를 통해, 사회에서 만나는 수많은 사람과의 대화를 통해 말하기도 발전한다. 누구와 이야기를 하느냐에 따라 나의 말하기도 달라질 수는 있지만 세상을 살아가면서 해야 하는 말 중에 무슨 말을 해야 할지 첫 단어부터 난감해지는 경우는 별로 없다. 아, 사랑을 고백하거나 잘못한 일을 사과하는 경우에는 좀 다르겠다.

그에 반해 글을 쓰려면 첫 단어부터 난감하다는 이들이 많다. 글쓰기는 글을 배워야 하고, 글을 연결해 문장을 만드는 데는 꽤 많은 공부와 연습이 필요하다. 글에는 표정이나 몸짓이 보이지 않으니 단순히 글자만으로 맥락을 이해하도록 논리적으로, 감성적으로 장치를 갖춰야 한다. 그 장치를 잘 갖춘 좋은 글을 쓰는 건 누구나 할 수 있는 일은 아니다. 오랜 시간의 독서에서 얻은 지식과 경험이 깊은 사고를 통해 완전히 내 것으로 만들어져야 어떤 주제가 주어졌을 때 '내 생각을 담은, 매력적인 글'이 나온다.

언젠가 프레인글로벌Prain Global의 여준영 대표가 페이스북에 직업의 진입장벽에 대해 토로한 적이 있다. “글로 밥을 먹고 사는 사람이나 마케팅이 직업인 사람처럼 진입장벽이 낮은 직업에 속해 있으면 직업 밖 사람과 격차를 크게 벌이는 게 매일의 당연한 숙제라는 생각을 강박적으로 하며 살아야 한다”고. 크게 공감했다. 나는 글을 쓰면서 그 격차를 조금이라도 더 벌려 보려고 애쓰는 것이고.

‘말하기’가 편한 사람이 있고, ‘글쓰기’가 편한 사람이 있다. 대부분의 사람들은 말하기가 더 편하다고 한다. 초등학생들의 장래 희망이 ‘유튜버’가 압도적으로 많다고 한다. 유튜버라는 직업의 여러 가지 매력이 있지만 무엇보다도 카메라 앞에서 말만 하면 된다는 생각에 다른 직업에 비해서 진입장벽이 얕다고 생각하는 거다.

글쓰기가 상대적으로 편한 나는 수업을 하든, 북토크를 하든 어디에서 말을 해야 할 일이 생기면 먼저 원고를 작성한다. 원고를 쓰면서 말하기를 여러 번 연습하고, 그중 키워드를 잊지 않도록 표시를 한 원고를 들고 현장에 간다. 말하기에 자신이 없어서다.

글을 쓰고 나면 한 번 소리 내서 읽는다. 글로 썼을 때는 모르지만 소리를 내서 읽으면 문장이 너무 길어서 숨이 차거나 문장의 앞뒤가 안 맞는 등의 문제점이 바로 드러난다. 글을 쓸 때 입으로 글자를 읽으면서 쓰면 글이 훨씬 더 자연스럽기도 노벨문학상을 수상한 한강 작가도 글을 쓰고 나면 처음부터 끝까지 소리 내어 읽는다고 하니 이 방법이 좋은 방법인 것은 확실하다.

이 글을 쓰는 지금도 나도 모르게 글을 쓰면서 입으로 중얼거리고 있는 걸 자각한다. 모니터에 쓰여지는 글씨를 보면서 입으로 중얼거리며 계속 써나가는 걸 보면 내가 말하듯이 쓴다는 말이 맞는 말이긴 한가 보다.

재미있는 글

•

위트는 나의 힘

대학 졸업 후 모 편집회사에 이력서를 보냈더니 서류심사 통과했다며 면접을 보러 오라는 연락을 받았다. 간단한 면접이 끝나자 수고비로 응시자들에게 3,000원씩 주었다. 3,000원(지금의 12,000원 정도). 애매한 금액이었다. 마침 이대 앞 그린하우스에서 약속이 있어 갔더니 딱 3,000원짜리 생크림 케이크가 눈에 들어왔다. 전날 저녁, 숙제 좀 봐달라고 내 방에 왔다가 면접 준비한다고 본 척도 안 한 나의 냉대에 섭섭했을 동생 생각이 나서 케이크를 사서 동생과 맛있게 먹었다.

며칠 후 3차 작문 시험을 보러 갔는데 주제가 '지난번에 받은 3,000원'이었다. '아, 이 분들 정말… 다 계획이 있었어.

이러려고 수고비를 줬던 걸까.' 하면서도 내심 그 주제가 반가웠다. 나에게는 이미 구체적인 에피소드가 하나 있었으니까. 첫 문장부터 일필휘지로 술술 써졌다. 전날 동생과의 갈등 상황을 좀 더 드라마틱하게 묘사하고, 말미에는 취업에 성공하면 동생에게 더 맛있는 걸 사주겠다며 따뜻한 언니 이미지와 함께 날 꼭 뽑아줘야 내가 착한 언니가 될 거라는 은근한 협박까지 보탰다. 당연히 합격했다.

살면서 겪은 다양한 일들의 순서를 정해 줄을 세운다면 태평양 건너 LA쯤에 있거나 워낙 미미해서 먼지처럼 잊혔을 일이 지금까지 유쾌한 추억으로 남은 건 일상의 즐겁고 행복했던 에피소드를 글감으로 삼아서 내 인생의 중요한 순간에 제대로 사용했기 때문이다.

보통의 경우, 사람들은 슬픈 이야기보다는 즐겁고 재미있는 이야기를 더 좋아한다. 프랑스나 독일의 심오하고 철학적인 영화보다 할리우드의 해피 엔딩 영화에 관객이 더 몰리고, 인류의 기후위기에 대한 웰 메이드 다큐멘터리보다 억지 웃음이라도 쥐어짜려는 슬랩 스틱이 넘쳐나는 예능의 시청률이 더 높은 게 현실이다. 드라마의 내용이 좀 슬프고 짜증나도 행복한 결말에 대한 기대감을 갖고 사람들은 성실하게 본방 사수를 한다. 심지어 드라마의 결말을 시청자가 원하는 즐겁고 행복한 쪽으로 해달라고 해당 프로그램의 게시판을 빼곡하게 채우기도 한다.

○

가벼움과 웃김의 그 사이

모름지기 글은 재미있어야 한다. 심오한 내용을 담고 있어도 쉽게 쓰고, 재미있는 에피소드를 활용해서 읽는 사람이 자연스럽게 빠져들게 해야 한다. 하지만 너무 가벼운 내용으로만 접근하면 진정성이 떨어진다. 퍼센트로 환산한다면 유머의 총량은 10퍼센트 이내가 적당하다.

1922년 미국에서 창간해 지금까지 100년의 역사를 자랑하는 세계적 종합교양 월간지 《리더스 다이제스트Reader's Digest》는 한때 매달 3,000만 부, 독자 수 1억 명을 기록할 정도로 세계적으로 성공한 월간지다. 이 잡지의 성공 비결로 헬렌 켈러의 '사흘만 볼 수 있다면'처럼 감동적인 사람 이야기와 세계 곳곳의 신기한 풍물 이야기, 유용한 건강상식 등을 2~3분 안에 읽을 수 있을 정도로 짧게 압축해서 아침에 커피 한 잔 마시면서 읽을 수 있게 한 것 등을 든다. 그중 하나가 '웃음은 명약Laughter, the best medicine'이라는 유머 코너였다. 나는 잡지 곳곳에 이 코너를 배치한 것이 성공요인 중 하나로 본다. 매달 잡지 발행일 직후에는 점심 시간에 동료들과 함께 이 유머에 대해 이야기할 정도로 인기 있는 코너였다.

'한 중년 여성이 수술을 앞두고 하느님께 기도를 하며 물었다. "제가 죽을까요?" 그러자 하느님은 "너는 30년은 더 살 수 있다"고 답을 하셨다. 안심한 그녀는 다양한 미용 시술을 받으며 자신의 남은 인생을 최대한 활용하겠다 결심했다. 하지만 그녀는 병원에서 퇴원하자마자 구급차에 치여 사망했다. 하늘나라로 간 그녀가 "나 30년 더 살 수 있다고 했잖아요." 하며 하느님께 따졌더니 하느님께서는 "미안하구나. 너무 예뻐져서 널 알아보지 못했다"고 하셨다.

사회적 상황을 위트 있게 풍자하는 내용도 있고, 웃고 나서 한참을 생각하게 하는 유머 등 동서고금을 막론하고 공감을 얻을 만한 내용들이었다.

이렇게 직접적인 웃음을 자아내는 유머와 달리 내가 글을 쓸 때 생각하는 유머는 '웃김'보다는 '위트'에 가깝다. 에 이모 토울스Amor Towles의 <모스크바의 신사>에서 주인공 알렉산드르 일리치 로스토프 백작은 러시아 혁명의 격변기를 겪는 가운데도 여유와 위트를 잃지 않는 캐릭터다.

검사: 직업은?

백작: 직업을 갖는 것은 신사의 일이 아닙니다.

검사: 좋아요. 그럼 당신은 시간을 어떻게 보내죠?

백작: 식사와 토론, 독서와 사색, 일상적인 잡다한 일들.

검사: 시도 쓰죠?

백작: 나는 깃펜으로 펜싱을 한다고 알려져 있습니다.

검사: (작은 책을 들고) 당신이 1913년에 발표된 '그것은 지금 어디 있는가?'라는 이 긴 시를 쓴 사람인가요?

백작: 내가 썼다고들 하더군요.

검사: 왜 그 시를 썼습니까?

백작: 시가 절로 써진 겁니다. 시가 나오려고 내 안에서 꿈틀거리던 날 나는 그저 어느 특정한 날 아침에 특정한 책상 앞에 앉아 있었을 뿐입니다.

상황이 재미있어서 웃음이 나는 경우도 있지만 백작의 입을 통해서 나오는 문장들은 그냥 들으면 가벼운 우스개 같지만 시니컬해서 곱씹을수록 그 상황에 대한 깊은 통찰을 거쳐서 나온 한 줄이라는 게 느껴진다. 제정 러시아에서 귀족으로 살다가 하루아침에 모든 것을 빼앗겨버린 이의 파토스Pathos를 능수능란하고 위트 있는 한 문장으로 넘기는 백작은 자기 앞에 다가오는 여러 가지 형태의 역경 앞에서 자신이 환경을 지배하지 않으면 그 환경에 지배당할 수밖에 없다는 것을 명확하게 알고 있는 인물이다.

이런 유머, 이런 위트를 나도 배우고 싶다. 어쩌면 식사와 토론, 독서와 사색만으로 시간을 보내는 신사만 가능한 것일지도 모르지만.

인용

●

유명한 인용문은 치트키

가끔 뉴스를 보다가 가슴 한구석이 싸해질 때가 있다. 누군가가 박사 논문을 베꼈다거나 노래의 한 부분을 표절했다는 기사가 나올 때다. 나 역시 예전에 원고를 쓸 때 남의 글 중 일부를 살짝 고쳐서 사용하기도 하고, 인용처를 제대로 표기하지 않은 경우도 있기 때문이다. 지금처럼 남의 창작물을 존중하는 문화가 거의 없다시피 한 시대를 살아서 그렇다고 핑계를 댈 수도 있겠지만, '지적 재산권' '저작권' 같은 용어들이 거론되기 시작하면서 외국 논문에 붙은 수많은 주석의 가치를 겨우 깨달았으니 어쨌든 부끄러운 건 부끄러운 거다.

한참 저작권 이야기가 화제였을 때 '글이나 말'의 저작권은 어디까지 보장받느냐는 이야기가 나오면 갑론을박하다가 결론은 '보장받기 어렵다'로 끝나곤 했다. '맛있으면 0칼로리'라는 말은 다이어트의 실패를 긍정적으로 무마하는 말로 식품업계를 비롯해 대중적으로 쓰이는데, 그 말을 시작한 사람이 방송인 최화정이라는 건 최근에 알려진 일이다. 방송 자료가 있고 본인이 이야기하니 알게 된 것이지만 우리가 그 말을 쓸 때마다 음원 소득처럼 그녀의 통장에 저작권 소득이 쌓이지는 않는다. '카카오톡'을 '카톡'이라 줄여 시간과 여백의 효율을 높이고, '본방사수'라는 시청률을 위한 최고의 마케팅 용어를 만든 사람은 누군지도 모른다.

그나마 좋은 문장, 찰떡같은 비유를 만든 사람의 이름이나 출처를 표기하는 행위 만이라도 빼놓지 않는 게 만든 이의 공로를 인정하는 유일한 방법이다. 이런 걸 우리는 '인용'이라고 한다. 글을 쓰는 데 있어 이 인용은 꽤 큰 역할을 한다.

소설이나 시집을 보다가 메모한 문장, 영화를 보다가 감동받은 명대사 등을 메모했다가 글을 쓰면서 중간중간 인용해보자. 내가 백 마디로 설명하는 것보다 한 줄의 인용문이 효과적인 경우가 종종 있다.

○

내 글의 수준을 올려주는 남의 글

《나이 드는 것도 생각보다 꽤 괜찮습니다》를 쓰면서 평소에 메모해두었던 인용문들을 요긴하게 썼다. 차 마시는 이야기를 하면서 '차를 하루 못 마시는 것보다 사흘 굶는 게 낫다'는 중국 속담과 '삶은 한 잔의 차와 같다. 어떻게 우리느냐에 따라 맛이 다르다'는 아일랜드 속담을 썼고, 얼굴 주름 이야기를 하면서 영화 <원더>에서 엄마 역을 맡은 줄리아 로버츠가 아이에게 한 "마음은 우리가 가는 곳을 보여주는 지도이고, 얼굴은 우리가 갔던 곳을 보여주는 지도란다"라고 한 대사를 사용했다. 남들이 써 놓은 멋진 글을 인용하면서 내 글의 수준이 올라간 듯한 효과를 봤다.

소설가들도 자신의 의도를 설명하기 위해 소설의 맨 앞에 짧은 문장을 인용하기도 한다. 파스칼 메르시어Pascal Mercier가 《리스본행 야간열차》 맨 앞에 호르헤 만리케Jorge Manrique의 '우리의 삶은 죽음이라는 저 바다로 흘러드는 강과 같다'는 말을 사용했고, 파울로 코엘류Paulo Coelho도 《연금술사》 맨 앞에 예수께서 마르타와 마리아 자매에게 하신 말씀을 적은 '누가복음 10장 38~42절'을 옮겼다. 올더스 헉슬리Aldous Huxley 역시 《멋진 신세계》 맨 앞에 '유토피아는 지금까지 인간들이 생각했던 것보다 훨씬 더 실현가능성이 있다…'로 시작하는 니콜라이 베르자예프Nicolai Berdyaev의 말을 인용했다.

메모한 것을 둘러봐도 적당한 게 보이지 않으면 검색 포털을 이용하는 것도 좋다. 전에는 구글에서 내가 쓰고자 하는 내용과 연관된 명문장, 명대사를 검색하곤 했는데, 내가 직접 읽거나 봤던 문장들이 아니라서 골라내는 데 시간이 좀 걸렸다. 그래도 세상 좋아졌다며 눈이 빠지게 검색하곤 했다.

요즘은 세상이 더 좋아져서 챗GPT로 검색을 하는데, 눈 깜짝할 새에 주옥같은 명언들을 한 번에 찾을 수 있다. 예를 들어 '글쓰기 관련 명언을 추천해달라'고 명령어를 넣으면 이런 인용문들이 나온다.

"쓰기는 생각하는 법을 가르친다."

- 리처드 로즈 Richard Rhodes 〈How to Write〉

"쓰기는 독서의 반대이다. 독서는 정신을 채우는 과정이지만 쓰기는 그것을 비우는 과정이다."

- 쥘 르나르 Jules Renard 〈The Journal of Jules Renard〉

하지만 이렇게 찾은 정보는 구글 검색에 검색어를 다르게 넣어 다시 한번 확인하는 게 좋다. 정말 맞는지 말을 조금 바꿔서 물으면 챗GPT는 '그렇게 물으면 확신할 수는 없다'고 바로 자백하기 때문이다. 이래서는 아무리 멋진 문장이라도 쓸 수 없다. 대신 이런 의미의 말을 한 사람들의 이름을 골라주니 덕분에 몰랐던 글쓰기 달인도 알 수 있고, 그들의 책도 찾아볼 수 있으니 아예 얻는 게 없지는 않다. 긍정적 사고!!!

그러니 챗GPT에 의지하기보다는 내가 읽은 책에서 감동받은 문장이나 확실한 뜻을 아는 사자성어, 전문용어 등을 인용하는 게 좋다. 오랜 시간 동안 여러 사람의 입에서 입으로 회자된 명언이나 명대사는 글의 시작이나 중간에 놓였을 때 내 이야기의 설득력을 한껏 끌어올려 준다. '이거 봐, 이 사람 알지? 이 사람도 이런 말 했잖아. 내 말이 맞지?' 그런 의도로.

단어 수집

•

멋있다, 맛있다, 좋다, 말고…

《캘리포니아》《토스카나》《인상파로드》 등 10권의 여행서를 낸 김영주 작가가 첫 여행서 원고를 쓸 때 한 이야기가 생각난다. 여행 다녀와서 쓴 글들을 보면 그랜드캐니언을 보고 왔건, 루브르를 보고 왔건 한결같이 '멋있다'는 단어를 중복적으로 쓰는데 느낌은 알겠지만 뭔가 구체적이지 않아서 '멋있다'는 단어를 피하려고, '멋있다'는 뜻으로 쓸 수 있는 단어를 사전에서 최대한 많이 찾아서 단어들을 벽에 붙여놓고 문장에 가장 어울리는 단어를 하나씩 골라서 사용하고 있다고 했다.

그 이야기를 듣고 '멋있다'를 대체해서 쓸 수 있는 단어가 어떤 게 있을지 생각해보았다. 아름답다, 근사하다, 좋다, 괜찮다, 세련되다, 훌륭하다, 고상하다, 고급스럽다, 말쑥하다, 우아하다, 고결하다, 곱다, 운치 있다, 산뜻하다, 아담하다, 점잖다, 굉장하다, 위대하다, 장엄하다, 빼어나다, 대단하다, 멋들어지다 등 정말 많았다.

음식 잡지 편집장을 할 때 비슷한 고민을 했던 경험이 있어 그 이야기가 오래 남았다. 기자가 네 개의 식당을 함께 소개하는 원고를 써왔는데 네 식당의 음식에 대한 글에는 '맛있다'는 단어가 공통적으로 들어가 있었다. 그 식당의 특징을 들어 '맛있다'는 형용사를 '고소하다' '상큼하다' '짭조름하다' 등으로 바꿨더니 조금 개성이 살아났다.

'좋다'도 마찬가지다. 친구가 새 옷 입은 사진을 인스타그램에 올리면 댓글 중에 '멋있다' '이쁘다', '좋다'는 단어가 가장 많다. '좋다'만 해도 괜찮다, 근사하다, 훌륭하다, 무난하다, 예쁘다, 아름답다, 곱다, 눈부시다, 화려하다, 찬란하다, 환하다, 뛰어나다, 탁월하다, 황홀하다, 산뜻하다, 깨끗하다, 현란하다, 빼어나다 등 수많은 표현을 할 수 있는데, 우리는 '좋다'는 단어만 줄기차게 사용한다.

남들과 다른 글을 쓰려면 단어부터 다르게 써야 한다. 이럴 때 필요한 게 사전이다. 영어 공부할 때 시소러스Thesaurus 사전을 활용하면서 우리도 이런 사전이 있으면 좋겠다 했는데, 온라인, 오프라인으로 이용할 수 있는 우리말 유의어 사전이 많아져서 다행이다. 종이 사전을 구비하면 좋지만 요즘은 인터넷으로 편리하게 찾을 수 있는 네이버 어학 사전(국어), 다음사전(한국어), 우리말샘, 우리말 시소러스, ㈜낱말 등에서 유의어 사전을 운영하고 있으니 활용하면 된다.

유의어 사전을 이용하다 보면 대체할 만한 단어들과 함께 몰랐던 단어들이 등장한다. 이렇게 찾아낸 단어들을 '나만의 단어장'에 보관해두고 수시로 들여다보는 것도 좋은 습관이 된다. 단어를 들여다보고 있으면 그 단어가 내 안에 있던 수많은 이야기를 끌어올리는 경우가 참 많다.

○

나만의 단어장 만들기

"안개 속에 잠들어 있다가 때가 되면 일어나서 우리를 도와주러 오는 단어가 있다."

-밀란 쿤데라 〈커튼〉

사전 외에 책을 읽다가도 좋은 단어가 보이면 내 단어장에 저장해둔다. 소설가 최명희의 《혼불》에도 나투다, 덩클덩

클, 마음자리, 버석거리다, 볕뉘, 아리잠직하다, 앙글다, 엥기다, 오두마니, 와스락거리다, 푸리푸릿 등 낯선 우리말 단어들이 많이 나오는데, 이런 단어들을 단어장에 써 놓으면 글이 막히거나 딱히 적당한 단어가 떠오르지 않을 때 요긴하게 써먹을 수 있다.

처음 봤을 때는 '맞춤법이 틀린 건가?' 하고 다시 봤던 항마력, 케바케, 웃픈, 추구미, 좋댓구알, 머선129, 꾸안꾸, 현타, 인싸 등의 단어가 MZ 신조어로 국립국어원 우리말샘에 등록된 것이라 해서 놀란 적도 있다. 우리말샘에 등록된 단어는 점차 어휘정보가 추가되고 수정하면서 사전에 등재될 수 있는 것이니 무조건 백안시할 수도 없는 것.

지역 방언도 단어 수집에 도움이 되는데, 단순히 성조에 따른 발음상의 차이 말고 아예 단어부터 다른 제주어가 있다. 몇 년 전에 제주에 일 년 살면서 오일장에서 어르신들이 하는 말을 못 알아듣겠어서 "웬 사투리가 이리 어렵냐?" 하니까 옆에서 제주 분들이 '사투리'가 아니라 '제주어'라고 정정해주셔서 겸연쩍게 웃어넘겼던 적이 있다.

육지에서 사용하는 말과 차이가 커서 소멸 위기에 있지만 중세 한국어의 원형을 잘 보존해 아꼽다, 맨도롱 또똣, 느영나영 등 어감도 예쁘고 뜻도 좋은 단어가 수두룩하다. 드라마 〈우리들의 블루스〉에 이런 제주어를 배우들이 어찌나 자연스럽게 구사하던지 제주시 민속오일장의 할망장터에 간 듯 착각할 정도였다. 제주의 현지 정서를 고스란히 느낄 수 있어서 드라마를 재미있게 보았고, 거기서 몰랐던 제주어를 몇 개 저장하기도 했다.

실제로 단어를 모으다 보면 정말로 단어와 단어가 연결되고 확장되면서 생각도 못 했던 길로 안내하기도 한다. 프랑스의 디자인 전략 컨설팅 기업 넬리로디Nelly Rodi의 트렌드 디렉터인 뱅상 그레그와르Vincetn Gregoire는 한 인터뷰에서 신조어 노트를 갖고 다니며 늘 단어를 수집하고, 조합하는 취미가 있다고 했다. 그의 인스타그램을 보면 세계 각지를 돌아다니며 독특한 서체로 쓴 단어나 유머러스한 문장들을 사진 찍어 올린다. 그렇게 단어와 문장을 모아서 '뉴스텔지아Newstalgia'나 '아티스토크레이지Artistocrazy' 같은 단어를 트렌드 키워드로 제안하곤 한다.

해마다 연초에 출간되어 세간의 화제를 불러일으키는 김난도 교수팀의 《트렌드코리아》도 그렇다. 2008년 말에 출간되어 가심비, 소확행, 워라밸, 뉴트로, 언택트, MZ세대 등 수많은 사회 현상을 신조어로 만들거나 수집해서 발표해 이제는 우리 사회에서 그 신조어들을 일반명사처럼 사용하고 있다.

피터 H. 레이놀즈Peter H. Reynolds가 쓴 그림책 《단어 수집가》의 주인공 제롬은 단어(낱말)를 모으는 게 취미다. 일상에서 눈길을 끄는 단어, 책 속에서 튀어나온 단어들을 모으다 보니 분량이 많아져서 '날씨, 식물, 감정' 등으로 분류했다. 어렵게 분류를 다하고 옮기는 도중에 바람이 불어 단어들이 모두 섞여버렸다. 단어들을 하나씩 줄에 매달다가 관계가 없어 보이던 단어들이 연결되는 걸 발견해 그 단어들로 시를 쓰고 노래를 만들었다. 낱말에 대해 알게 될수록 여러 생각과 느낌과 꿈을 더 잘 이해할 수 있었던 제롬은 세상 아이들과 그 낱말들을 공유하려고 모아놓은 낱말을 다 싣고 높은 산으로 올라가 모두 날려 보낸다는 아름다운 이야기다.

단어를 모으고 저장만 하는 데서 나아가 수첩을 수시로 들여다보면서 틈날 때마다 사용하고, 뜻을 음미해야 열심히 단어를 모으는 의미가 생긴다. 순우리말, 지역 방언, 외래어, 신조어 등 인터넷을 통해 검색만 하면 수많은 단어가 튀어나오고, 챗GPT가 문장까지 다듬어주는 시대지만 다소 고색창연하더라도 '나만의 단어장'을 따로 챙겨놓는 정도의 정성은 보여야 하지 않을까?

수동적 표현 자주 쓰는 분들

•

“따끔하실게요”

초등학교 때 웅변대회가 자주 열렸다. 나는 목소리가 작아서 아예 출전할 생각도 안 해봤지만 대회 나가는 친구들 응원하려고 연습할 때 구경도 자주 가고, 박수도 많이 쳤다. 집에 오면서 “이 연사, 강력하게 외칩니다.” 하며 두 주먹 불끈 쥐고 소리치던 친구 흉내를 내며 깔깔대던 기억이 아직도 생생하다.

요즘도 아이들 학원 셔틀 스케줄에 웅변학원이 있다고 해서 이유를 물어보니 회장 선거 때 필요하기도 하고, 웅변을 하면 자신감이 커진다고 해서 보낸다고 한다. 웅변을 하면 자신감이 커지는 건 사실이다. 평소에 고개도 못 들 정도로 부끄럼을 타고, 말하다가 얼버무리곤 하던 아이도 웅변을 배우면 말하는 톤이나 자세가 달라진다.

연설문도 마찬가지다. 연설 원고는 미리 써서 다 외우지만 현장에서는 단지 말만으로 강약 조절을 해가며 청중들을 설득시켜야 하니 연설문은 짧고 명료해야 한다. 말끝을 확실하게 다잡아야 내 주장이 확실하게 청중에게 전달된다. "이다" "아니다"로 끝나야 한다. 스티브 잡스나 버락 오바마처럼 연설을 잘하는 사람들은 그들의 연설문, 무대에서의 제스처, 심지어 의상까지 화제가 된다.

○

밥도, 글도 내 의지대로 먹어야 맛있다

그런 연설문에 얼버무림은 없다. 연설문의 기본은 명료함과 설득력이다. 긍정적이고 확신에 찬 단어들로 문장이 완성된다. 그런 연설을 들으면 나에게도 그 기운이 옮겨온 것처럼 에너지가 차고, 기분이 좋아진다. 가끔씩 '세바시' 영상을 보는 이유다. 글도 그렇다. 긍정적이고 적확한 단어를 사용해 명료하게 써내려 간 글을 읽는 것은 기쁨이다. 색연필로 밑줄을 그어가며 신이 나고, 페이지가 넘어가는 게 아쉬울 정도로 감동을 받는다.

내가 그렇게 예민한 사람은 아니지만 몇 년 전부터 가끔 사람들이 하는 이야기 중에서 소름이 돋을 정도로 싫은 표현이 몇 개 생겼다. 병원이나 미용실에서 자주 듣는 "따끔하실게요." "머리 감으실게요". 우리나라 서비스업계의 품질이 엄청나게 향상되었다는 건 인정하지만 내가 느낄 아픔까지 미리 일러주겠다는 것도 서비스의 일종일까?

친구와의 대화나 공식 인터뷰 영상에도 있다. "저는 그렇게 생각하는 것 같아요." "미안하다는 말씀을 드리고 싶습니다." "감사하단 말씀드리고 싶구요." "이렇게 보여지는 게 정상이죠."

내가 그렇게 생각하면 생각하는 건데, '생각하는 것 같다'는 건 뭘까? 또 "미안하다"면 되는 것을 "미안하다는 말씀을 드리고 싶습니다"라고 하면 '나는 미안하지 않고, 미안하다는 말만 하고 싶다'는 걸까? '이렇게 보는 게 정상'이라고 하면 되는데, 왜 굳이 두 글자를 늘려서 내가 보는 게 아니라 남의 눈에 보여지는 거에 신경 쓴다는 인상을 주게 하는 것일까?

이 표현들의 공통점은 수동, 피동의 표현을 사용한다는 것이다. 수동이나 피동은 행동을 하는 주체가 주어가 아니고, 그 행동을 당하는 이의 입장에서 사용하는 표현이다.

"내가 밥을 먹는다"와 "밥이 먹어진다"는 아예 다른 뜻이다. 전자는 내가 주도적으로 정상적인 상황에서 밥을 먹는 것인 반면에 후자는 내 의지와 상관없이 너무 배가 고파서, 어쩌면 내 의지와는 반대로 죽지 못해서 어쩔 수 없이 밥을 먹는 상황이다. 후자의 경우 어떻게 해석해도 '내 의지를 가진 나'가 들어설 구석은 없다.

글에 수동적 표현, 피동적 표현을 해야 감정이 잘 전달되는 경우가 있다. 하지만 일반적인 경우에 수동적 피동적 표현이 들어갈수록 글은 힘을 잃는다. 글이란 결국 내 생각을 표현하는 것인데 내 의지를 표현하지 않아서 글에 힘이 빠진다면 글의 존재 이유가 없어지는 것이다.

부사의 맛

●

적인가 동지인가?

앞에서 글은 간략하게 써야 한다는 대목에서 글을 쓸 때 부사를 최소한으로 사용해야 한다고 이야기했다. 최소한이란 어느 정도를 말하는 것일까? 부사라는 품사가 존재한다는 것은 그 나름의 기능이 있다는 것인데, 최소한으로 사용하라는 말은 이율배반적인 것이 아닐까? 글 쓰는 사람들이 한목소리로 절제해야 한다는 부사를 굳이 아끼고 사용했던 기자 이야기를 하나 해보겠다.

'원고량을 가늠하지 못해 툭하면 글이 넘쳐서 동동거리던 신입 기자가 있었다. 고참 선배들은 "부사부터 지워라, 그 다음은 형용사"라고 조언했다. 하지만 신입 기자는 부사마다 갖고 있는 말맛이 생각나 그 조언을 따르지 않고 대신에 한 문단을 통째로 지워서 소중한 부사를 지키곤 했다. 십 수 년이 지나서 그 신입 기자는 문장에 힘과 맛을 주는 부사 중 25개를 추려 《맛난 부사》라는 책을 냈고, 이 책은 "우리말 부사의 깊고 너른 말맛을 새삼 깨우치고 일상에서 그 맛을 고이 음미하도록 이끄는 기꺼운 길잡이가 되기를 바란다"는 작가 의도대로 한국출판문화산업진흥원 2022년 우수출판 콘텐츠 제작 지원 사업 선정작이 되었다.'

○

맛난 부사 이야기

서점에서 우연히 이 책을 발견했다. 처음엔 사과 이야기인가 하고 책을 펼쳤는데, 내가 그토록 열심히 썼다가 버렸던 '부사' 이야기였다. 기꺼이, 마냥, 차마, 자칫, 두루 등 글자 수를 줄일 때 가장 먼저 지우기 시작하는 그 부사, 김훈 작가가 원고를 다 쓰고 나서 퇴고할 때 싹 파버린다는 그 부사 이야기였다.

'바야흐로'와 '비로소'의 어원적 의미를 살펴보고, '바야흐로'의 쓰임새에 맞는 사용 사례를 보여주고, 도도한 시간의 흐름을 이야기할 때 '바야흐로'를 써서 절정의 당도糖度에

도달한다고 마무리한 작가의 '부사 당위성' 논리에 완전히 설득당했다. 내가 갖다 버린 부사를 누가 이렇게 맛있게 포장해 매대에 올려놓았나 보았더니 장세이 작가다. 아는 분이라 더 반가웠다.

책을 사 들고 와서 사과 먹듯이 한 입, 한 입 맛있게 모든 페이지를 베물어 먹었다. 꼼꼼하고 맛깔나게 25개의 부사를 모두 제대로 소개하고 있었다. 오롯이, 고즈넉이, 아스라이처럼 나도 버리기 아까워 웬만하면 살려두는 부사들과, 사뭇, 웅숭깊이, 고이처럼 나는 거의 안 쓰는 부사들까지 소중하게 그 쓰임새를 설명했다. 그리고 책 면지 저자 사인란에 손글씨로 '당신의 부사는 무엇인가요'라고 써놓았다. 나의 부사는 뭘까?

○

나의 부사를 찾아서

기억을 더듬어보니 어떤 조사에서 내 SNS 포스팅에 가장 많이 사용한 단어를 찾아주는 서비스를 한 적이 있다. 결과를 보니 스무 개 정도의 단어가 나왔는데, 그중에 '늘'이 있었다. 흔들리지 않고 꾸준히, 한결같다는 의미를 담을 수 있어서 자주 사용한다. '항상恒常'과 뜻은 같지만 이왕이면 우리말을 사용하고 싶어서 우선적으로 쓴다. 내가 쓰는 글에서 '늘'을 빼면 아침마다 차 마시고, 명상하는 내 일상의 루틴을 설명하는 게 번거로워진다.

'늘' 만큼 자주 사용하는 말에 '굳이'도 있다. 나이 오십을 지나고부터 몸과 마음, 주변까지 가볍게 하려고 노력해왔다. 계단을 오르는 게 좀 힘들어지면 바로 몸무게를 확인하고 운동을 전보다 많이 하고, 사용하지 않는 그릇과 안 읽는 책은 중고로 판매하거나 버리고, 새 물건을 들일 때는 전보다 두 번 더 고민하면서.

마음을 가볍게 하는 게 가장 중요한데, 그때 '굳이'라는 단어를 떠올린다. 해도 그만이고, 안 해도 그만인 것을 고집을 부려 일부러 애쓰지 말자는 생각이 들 때 '굳이'를 붙이면 마음이 편해진다. '굳이 그 이야기를 해야 하나? 굳이 그걸 사야 하나? 굳이 수영을 결석해야 하나?' '굳이'만 붙여보면 결정이 쉬워진다. 글에도 마찬가지다. 다섯 줄로 설명해야 할 내용을 '굳이'란 단어 하나로 해결할 수 있다.

그리고 '반짝반짝'. 작은 빛들이 모여 나타났다가 사라지기를 반복하면서 반짝반짝거리는 눈부심에 마음이 설레고, 머릿속에 반짝이는 아이들이 많이 생겨나 눈동자가 반짝반짝 빛나는 순간에 가슴이 벅차다. 반짝반짝이란 단어가 등장하면 그 단어가 위아래 서너 줄까지 영롱한 빛을 비추는 듯한 마력이 있어서 글의 분위기가 금세 환해지기도 한다.

늘, 굳이, 반짝반짝. 이 단어들은 수시로 내 글에 등장해서 때로는 문장을 간략하게 하는 데 도움이 되기도 하고, 문장에 생기를 불어넣기도 하고, 다소 냉소적인 태도를 견지하는 데 힘을 보태기도 한다. 글쓰기에 있어서는 색깔이나 모양을 나타내는 형용사보다 대우를 못 받는 부사지만 필요에 따라 적재적소에서 힘을 주고, 맛을 더하는 게 부사다.

퇴근 후의 맥주 한 잔처럼 나른한 일상에 순간의 짜릿함을 선사하는 이 부사가 글 쓰는 사람에게 적이 될지, 동지가 될지는 쓰는 사람이 어떻게 쓰는가에 달려 있을 따름이다. 부사를 내 동지로 삼기 위해 오늘부터 깔밋한 부사 수첩 하나 준비해볼까? 앞으로 내 글들이 시나브로 맛깔스러워질지 모르니.

제목은

●

직선 코스의 길잡이

예전에 유럽여행을 가면 빨간 모자를 쓰고 깃발을 든 사람을 중심으로 무리를 지어 다니는 일본 여행객들이 참 많았다. 깃발을 따라 조용히, 한눈도 팔지 않고 부지런히 따라가는 모습이 인상적이었다. 외국어에 능숙한 사람이 많지 않은 시절이라 그 깃발을 놓치면 말도 안 통하는 유럽에서 난감한 상황을 맞게 되니 그랬을 것이다. 깃발을 놓치면 큰일이 나는 것이다.

글쓰기에서도 마찬가지다. 대부분 원고 첫머리에 제목을 쓰고 시작하지는 않더라도 머릿속에는 대략 제목 비슷한 내용이 구름처럼 떠 있는 상태에서 글을 쓴다. 문제는 원고가 끝나갈 때까지 구름으로 떠 있는 경우도 많다는 것이다. 그래서 정확하지는 않더라도 '가제'라는 이름으로 제목을 정해놓고 글을 쓰기를 권한다.

깃발이 있으면 길을 잃지 않는다. 제목을 써놓고 글을 쓰면 글이 길을 잃을 우려가 줄어든다. SNS의 짧은 글에도 꼭 제목을 달고 글을 쓰는 사람들이 있다. 제목 한 줄만 읽고도 이 사람이 하려는 말의 반은 짐작할 수 있으니 친절하고, 명료한 방법이다. 글을 쓰면서 내가 달려가고 있는 목표지점에 미리 꽂아놓은 깃발이 있으면 트랙에서 벗어나지 않고 똑바로 신속하게 달려갈 수 있다. 그 깃발의 역할이 제목이다.

카피라이터도 아닌데 제목이 꼭 명문이어야 할 필요는 없으니 '가제'를 먼저 써놓기만 해도 글을 쓰는 데 도움이 된다. 내가 하고 싶은 이야기를 한 문장으로 간단하게 줄인 게 '가제'다. 정리가 안 되면 통 문장으로 적어만 놓아도 좋다. '가제'를 모니터 한쪽에 붙여놓고 작업하는 것도 방법이다.

글을 쓰다 보면 그 과정에서 제목이 떠오르기도 하는데, 그때그때 메모를 한다. 서너 개의 제목 후보 중에서 고를 수 있게 선택지를 늘려 놓았다가 최종적으로 결정하면 된다.

편집장으로 일하면서 기자들이 써온 기사의 제목을 검토할 때는 시집의 제목들을 검색하거나 당시 유행하는 노래의 가사를 읽어보곤 했다. 그 문장들을 패러디하기도 하고,

그런 검색의 과정에서 새로운 아이디어가 떠오르기도 했다. 많은 독자가 제목만 보고 그 글을 읽을지 말지 결정하기 때문에 제목은 본문의 내용을 잘 요약하면서 트렌디한 구절이어야 한다.

○

친절한 소제목

종이신문은 편집 디자인의 그리드grid를 공부하는 데 최적의 교재였다. 신문을 완전히 펼치면 4·6판의 2절지 크기인데, 그 안에 가장 큰 제목, 중간 제목, 수많은 소제목이 각기 다른 크기로 군데군데 배치되어 있다. 뉴스의 중요도에 따라 제목의 크기와 굵기가 정해지고, 얼핏 제목만 따라가고 본문은 다 읽지 않아도 대충 내용을 파악할 수 있다. 취재만큼 편집도 중요한 이유다.

글을 쓸 때도 아주 짧지 않은 글이라면 중간에 소제목이 필요하다. 글줄을 다 붙여 쓴 글을 읽는 것도 어렵지만 중간에 소제목 하나 없는 글을 읽기는 더 어렵다. 글이 길어질 경우 A4용지 ⅔에 소제목 하나씩 있어야 한다. 통상적으로 20줄에 하나씩 소제목을 붙인다.

전체 제목이 글 전체의 내용을 대변하는 것이라면 소제목은 그 글에 대한 추가 설명을 담고 있어야 한다. 때로 바쁜 독자 입장에서는 제목과 소제목만 읽고서도 그 글의 내용을 대략 이해하기 때문이다. 그러니 소제목은 독자가 이해하기 쉽게 구체적인 사례를 거론하면서 간결하고 정확해야 한다. 소제목이 적합한 자리에 정확하게 붙어 있으면 똑똑한 내비게이션이 되어 글을 읽는 도중 다른 길로 가지 않고, 똑바로 목표지점에 안착할 수 있다.

SNS

•

타이밍이 중요한 SNS 글쓰기

내 경우에는 2009년 트위터였다. SNS를 통해 그 전에 없던 세상으로 내가 문을 열고 나온 시기 말이다. 70억 인류가 모두 공감하듯이 스마트폰의 출현은 아폴로 우주선의 달 착륙만큼이나 아니, 피부로 느끼는 현실감은 그것보다 더 놀랍고 기적 같은 일이었다.

1990년대 중반부터 핸드폰을 사용했지만 전화와 문자 보내고 받는 용도로만 사용하다가 2009년에 스마트폰을 사용하면서 손바닥 위에서의 일상이 시작되었다. 가장 큰 변화는 언제 어디서나 사진을 찍게 되었고, SNS를 하게 된 것이다.

SNS, 그중에서도 트위터. 이전에 천리안, 하이텔 등의 PC 통신이나 네이버 블로그, 싸이월드 등이 있어 간간이 사용해봤지만 에디터이자 워킹 맘으로 사느라 몸과 마음의 여유가 없어서 적극적으로 활동하진 않았는데 2009년의 트위터는 달랐다.

2009년은 육아의 고단함에서 벗어나 몸의 부산함이 정리되면서 시간 여유가 생겼고, 백화점 잡지의 편집장으로 유통과 언론의 중심에서 세상의 모든 트렌드가 내 책상 앞에 쌓인다는 착각과 선민의식에 한창 사로잡혀 있을 때였다. 트위터에 가입하고, 처음엔 뭘 어떻게 올려야 할지 몰라서 몇 달 동안 남들이 올리는 것만 보고 있었다.

창밖에 벚꽃이 활짝 핀 어느 날, '바야흐로 봄…'으로 시작하는 몇 줄의 트윗을 올린 이후 수천 개의 트윗을 올렸다. 초기에 트위터를 시작해서 영향력 있는 트위터러들과 네트워크가 이뤄졌다. 처음에는 100자 한정이었던 트윗의 길이가 길어지고, 사진 첨부도 가능해지면서 나의 트위터 피드는 점점 다채로워져 갔다. 트위터 덕분에 나와 생각, 취향이 비슷한 이들과 돈독해져서 지금까지 관계가 이어지고 있으니 나로서는 트위터를 한 게 인생에 어느 정도 득이 되었다.

○

100자 트위터, 더 긴 페이스북

몇 년 후, 직장을 옮기면서 공개적인 트위터보다 친구 중심의 페이스북에 일상을 담기 시작했다. 좁은 공간에 글을 올리던 트위터에 비해 여백이 넓어서 글이 길어지기 시작했다. 앞뒤 맥락을 충분히 설명할 수 있어 좋았고, 내가 올린 글을 진지하게 읽어주는 지인들이 있어서 글 쓰는 재미가 점점 늘었다. 처음에는 내가 좋아하는 사람들에게 편지 쓰듯 '~했습니다'의 존대로 글을 썼다. 존댓말을 사용하니 글이 좀 더 차분해지는 느낌이 들었다. 그렇게 내 일상과 내가 좋아하는 사람들의 존경할만한 일상들을 공유하면서 시공간의 제약 없이 댓글을 주고받는 게 즐거웠다.

20여 년간 잡지사에서 일하며 꾸준히 '기사'를 썼지만 그것은 잡지라는 매체가 필요로 하는 방향에 맞추느라 많은 것이 절제된 글이었는데, SNS에는 온전히 나의 생각과 일상을 주관적으로 피력한 글을 올리면서 SNS에 특화된 글로 바뀌기 시작했다.

트위터를 통해 수시로 짧은 글을 쓰는 게 익숙해진 게 첫 번째 변화다. 초기 100자 한정 트위터가 더 도움이 되었다. 어떻게든 100자 안에 하고 싶은 말을 다 넣으려고 단어를 골랐고, 상황을 짧게 요약하는 요령이 생겼다. 비용을 내고 책이나 잡지를 사는 적극적 독자가 아닌 일반 독자들이란 걸 염두에 두고 잡지보다 더 쉽게 글을 썼다. 또 실시간으로 소통하고 싶어서 오늘 일어난 일은 오늘 안에 올리겠다는 생각으로 글을 빨리 쓰게 되었다. 글을 쓰는 속도가 빨라졌고, 어떻게 글을 써야 인터넷의 바다에서 내 글로 시선을 끌어들일지를 고민하게 되었다.

○

피드를 공들여 봐야 타이밍이 보인다

SNS 글쓰기에서 가장 중요한 것은 타이밍이다. 아무리 좋은 콘텐츠이고, 멋진 글이라도 뜬금없이 올리면 효과가 없다. 날씨나 절기를 잘 이용해야 한다. 으슬으슬하고 스산한 초겨울 저녁에는 김이 모락모락 올라오는 어묵탕이나 찐만두 이야기를 올리고, 무더운 한여름에는 맛있는 팥빙수나 수박 이야기를 올리는 식이다. 시간대는 너무 이른 아침이나 늦은 저녁, 식사시간인 12시, 7시 전후는 피한다. 맛집에 대한 것은 오전 11시, 오후 5시쯤, 시장기가 올라올 시간이 좋다.

여행의 감흥이나 음식에 대한 기억은 시간이 지날수록 사그러들기 때문에 여행이나 맛집 정보 등은 그 자리에서 바로바로 올리는 게 현장감이 살아 있어 가장 효과적이지만 글을 좀 잘 써서 올리고 싶으면 바로 피드에 올리지 말고 메모앱에 써두는 것도 좋다. 글과 사진이 정리가 되면 주말이나 퇴근 후 등 좀 여유 있는 시간에 올린다. 이런 감은 지속적으로 피드를 보면서 스스로 감지해야 한다.

두 번째는 피드를 보면서 이슈도 감안해야 하고, 같은 경험을 남들이 어떻게 올렸는지 보는 것도 중요하다. 평소에 SNS 잘하는 작가들을 팔로잉하면서 그들의 언어를 통해 감각을 쌓는다. 해시태그를 통해 다른 사람들이 어떤 식으로 올렸는지를 후루룩 살펴보고 내 글의 방향성을 정하는 것도 방법이다.

세 번째는 통계를 활용하는 것. 어떤 내용을 올렸을 때 '좋아요'를 가장 많이 받는지, 언제 올렸을 때 반응이 좋은지 등 포스팅을 하고 나서 아침 저녁으로 2주만 체크해보면 대략 내 팔로워들의 패턴이 파악된다. 오전에 올렸을 때 반응이 좋으면 이후에는 아침에 올리면 되고, 별 차이가 없다 하더라도 조금이라도 반응이 많은 시간대를 골라 규칙적으로 그 시간에 올리면 효과가 높다. 비즈니스 계정을 이용하면 그 통계를 더 쉽게 볼 수 있다. 아무래도 한 사람이라도 더 보고, 내가 관심 있는 누군가가 보고 있다고 생각하면 더 적극적으로 글을 쓰게 되니 말이다.

블로그

•

기록해야 기억한다

20년째 네이버 블로그에 글을 올리고 있다. 2004년 미국 여행에서 찍은 사진들을 보다가 다른 사람들에게도 정보가 되면 좋겠다는 생각과 (네이버 검색을 통해) 내가 찾아보기 쉽게 보관해야겠다는 생각으로 블로그를 시작했다. 전시장이나 행사, 여행을 다녀와서, 또는 맛있는 식당에 다녀와서 현장에서 직접 찍은 사진과 설명을 써서 올렸다.

지금까지 총 2,000여 개의 글을 올렸다. 가끔 네이버 메인 화면에 내 포스팅이 소개되기도 했고, 이달의 블로그에 선정되기도 했다. 코로나19로 시간 여유가 있던 2021년 한 해 동안 250개의 포스팅을 올렸더니 연말에 네이버에서 나를 '할말짱많 프로소통러_24시간이 모자라는 블로거'로 분류

해줘서 내가 많이 올렸다는 걸 실감하기도 했다.

몇 초면 올릴 수 있는 인스타그램에 비해 블로그에 포스팅하는 건 품이 많이 든다. 직업이 직업인지라 그냥 사진만 올리는 거는 아닌 듯해서 사진을 고르고, 수평을 맞춰 트리밍하고, 글도 팩트를 확인하면서 쓰니 전시 리뷰 하나 올리려면 몇 시간이 걸린다. 사진도 그냥 올리면 안 될 듯해서 사진마다 왜 이 사진을 봐야 하는지 줄줄이 설명을 달아서 내용을 이해할 수 있도록 편집해서 올린다.

○

공유, 기록, 공감하는 블로그

내가 블로그를 하는 이유는 세 가지다.

첫째는 내가 알게 된 맛집, 전시, 여행지, 영화, 책에 대한 정보를 혼자만 아는 게 아까워 간략하게 공유하기 위해서다. 잡지 일을 하면서 수많은 정보의 중심에서 살다 보니 정보의 품질에 대한 안목이 있고, 어디를 가야, 누구에게 물어야 할지를 아는 네트워크가 있다. 이 안목과 네트워크 덕분에 남들보다 먼저, 보통 이상의 정보를 얻게 된다. 전에는 이 정보들을 선별해서 잡지에 게재했지만 이제는 나만의 1인 미디어로 내 블로그에 온전히 소개해서 한 사람이라도 더 많은 사람과 공유하고 싶다.

두 번째는 내가 다녀온 맛집이나 전시 등 찍어둔 사진이나 정보가 급히 필요할 때 내 블로그에서 찾아 쓰기 위해서다. 내 블로그에 들어가서 검색창에 입력하고 돋보기를 누르면 내가 여러 해 전에 올렸던 블로그 속에 그 정보들이 잘 놓여 있다. 나이가 들수록 고유명사가 생각이 안 나서 "거기! 그때, 다 같이 가서 회 먹었잖아." 하면 "바닷가에서 커피도 마시고, 그 남자분이 무슨 악기도 불고"라는 말도 안 되는 대화를 하면 다 알아듣는다고 언니들과 깔깔거리면서도 내 블로그를 얼른 검색해서 "2021년 7월, 강릉 머구리횟집, 안목해안, 산토리니카페, 최선생님, 하모니카!"라고 고유명사를 딱딱 알려주면 '똑똑이'라고 칭찬도 받는다.

세 번째는 취향 비슷하고, 부지런하고, 성실한 블로그 이웃들의 포스팅에서 정보를 얻고, 그들의 근황을 보고, 공감하기 위해서다. 아침마다 이웃들의 포스팅을 통해 좋은 전시나 신간 소식도 알게 되고, 제철 식재료로 요리할 메뉴 아이디어도 얻고, 이웃들이 소개한 좋은 곳들을 지도에 별표 표시해서 저장하기도 한다. 시간 여유가 생기면 동선을 짜서 전시를 보러 가고, 책을 주문하고, 저녁이면 장을 봐서 그 메뉴를 식탁에 올리기도 한다. 미팅이 있어 갔다가 그 동네 지도를 보고 전에 별표 해둔 곳들을 찾아가 새로운 '언니의 아지트'를 업데이트하기도 한다.

네이버 블로그에서는 포토덤프, 주간일기, 체크인 등 다양한 챌린지를 통해 블로그 이용자들이 지속적으로 활동을 할 수 있는 동기 부여를 하고 있다. 그중 2022년의 '주간일기 챌린지'가 재미있었다. 일주일간 일기를 쓰면 스탬프와 스티커에 추첨 포인트와 상품까지 주겠다며 풍부한 당근을 준비하고 이벤트를 시작했다.

6개월 후 이벤트를 마무리해보니 약 1백만 명의 블로거가 주간일기를 썼는데, 10, 20, 30대가 전체의 88%였다고 한다. 10대는 마라탕과 게임, 친구, 20대는 케이크 여행, 면접, 30대는 맥주, 캠핑, 주식, 40대는 책, 전시, 운동 등의 단어를 가장 많이 사용했다는 결과 리포트도 흥미로웠다. 무엇보다도 1백만 명의 블로거들이 6개월 동안 자신의 취향이 물씬 풍기는 일상을 꾸준히 기록했다는 것이 인상적이었다.

나도 몇 번 시도는 했지만 너무 어려워서 일찌감치 포기했다. 챌린지에 성공한 1백만 명은 그 이후에 어떻게 되었을까? 꾸준한 기록의 습관을 익힌 그분들은 모르긴 해도 원하는 일을 많이 이뤘을 것이다. 성실함과 지구력, 개성 넘치는 일상까지 장착한 사람이 못할 일은 별로 없으니까.

나에게 블로그 작업은 일종의 복습이다. 기억하기 위해 기록하는 거니까. 블로그 포스팅 작업을 하다가 가끔 현타가 오기도 한다. 내가 이미 다녀온 곳이고, 이미 알게 된 것을 이렇게 열심히 복습하는 이유가 뭘까? 사진 저장은 외장하드에 날짜별로 폴더 만들어 저장되어 있으니 시기만 기억하면 스마트폰 일정표와 일기를 뒤적거려서 금세 찾을 수 있고, 정보는 인터넷에 다 있는데 굳이 이렇게 시간과 노력을 들여가며 정리할 필요가 있을까? 그래도 시작한 일이니 꾸역꾸역 마무리를 한다. 그리고 나서 다음날 블로그를 열었을 때 지인들이 '정보 잘 봤다'는 '댓글'을 올려준 걸 보면 뿌듯함에 또다시 '새 글쓰기'를 클릭한다.

일기는 솔직하게

•

블로그는 T스럽게

어릴 적 밀린 방학 숙제 중 가장 힘들었던 게 일기다. 두 달치 일기를 며칠 만에 쓰려니 날씨도 기억이 안 나 모아둔 신문을 들고 와서 날씨를 맞춰 쓰고, 'A와 놀았다'도 열 번 이상 반복하는 건 양심에 걸려 'B와 놀았다' 등 친구 이름 바꿔 쓰고, 세계문학전집의 제목을 베껴 쓰며 'C책을 읽었는데 참 재미있었다'와 '교훈적이다'로 돌려 막기하면서 겨우겨우 일기장을 채웠던 기억이 있다. 그렇게 일기 쓰기는 어린 시절 나에게 힘들고 부담스러운 의무였다.

중학교에 들어와서 국어 선생님께서 "일기를 매일 쓰지는 않아도 된다. 대신 진짜 일기를 써야 한다"고 하셔서 '매일 쓰지 않아도 된다'는 말에 밑줄을 쫙쫙 그었는데, 정작 며

칠에 한 번씩 일기를 써도 된다 하니 어찌나 할 말이 많은지 매일 일기를 쓰고 있는 나를 발견했다.

얼마 전, 오래된 짐을 보관하는 수납장에서 뭘 찾다가 중학교 때 일기를 발견했다. 별 생각없이 첫 장을 펼쳤다가 이내 주저앉아서 한참을 봤다. 학교에서 일기 쓰기를 권장하던 때라서 의무적으로 썼을 거라 기억하고 있었는데, 그게 아니었다.

열다섯 살의 어리고 여린 내가 고스란히 거기 들어 있었다. 사춘기가 시작되면서 머리도 크고 친구들과 관계가 깊어지면서 일기에 별의별 이야기를 다 쏟아냈기 때문이다. 친구가 너무 좋다 했다가 부럽다고 질투했다가 다시 화해했다가 감정의 널뛰기가 거의 쓰나미 수준이라 그대로 시트콤 대본으로 건네줘도 될 정도였다. 게다가 몇 번 버스를 타고, 어디에 가서 뭘 사 먹었는지까지 자세하게 적혀 있었다.

압권은 일기의 일주일치 끝부분에 당시 담임선생님의 사인이 있더라는 것. 가장 사적인 일기를 매주 검사 받았던, 그 위압적 시간들 한가운데서 사춘기를 보낸 우리의 우울함에 대해서는 나중에 이야기하기로 하고. 일주일에 한 번씩 선생님의 검사를 받는 일기였는데, 나는 세상 복잡한 사춘기 소녀의 머릿속을 그대로 거기에 쏟아놓았던 것. 담임선생님이 너무 인자하고 좋으셔서 날짜만 확인하고 읽지는 않으실 거라고 믿었던 까닭일까? 아니면 선생님이 보실 거라는 사실을 매번 까먹고 일기를 써서 어쩔 수 없이 검사를 받았던 걸까? 그도 아니면 이런 내 상태를 선생님께 알려야겠다고 생각을 했던 걸까? 어떤 의미로든 당시의 내 머릿속이 도저히 이해가 가지 않는다.

모름지기 철든 이후의 일기란 내가 지낸 하루의 일정과 느꼈던 것들을 글로 남기면서 하루를 정리하고, 내일을 계획하기 위한 밑거름으로 삼는 것이기에 아주 비밀스러운 기록이다. 오죽하면 자물쇠 달린 일기장들이 있겠는가? 아무도 보지 않을 글이기에 나에 대해 가장 솔직하고, 가장 주관적인 의견을 피력할 수 있고, 쓰는 행위를 통해서 나의 생각을 제고해볼 수 있는 글이다. 세상 사람들이 '원칙'이라고 갖다 대는 어떤 잣대도 없는 공간이다. 수많은 작가가 글쓰기의 원동력으로 일기를 꼽는 것도 매일매일의 자기 성찰을 통한 생각을 글로 적는 행위가 중첩되어 좋은 글쓰기가 완성되기 때문이다. 일기에는 내가 기뻤던 일, 슬펐던 일, 아쉬운 일, 하고싶은 일, 혹은 70억 인구 중 나 혼자만 믿는 종교에 대한 이야기도 강력하게 주장할 수 있다. 그건 나만 보는 일기니까 말이다.

○

알릴 건 알리고, 피할 건 피하고

며칠에 한 번씩, 블로그 서핑을 한다. 이웃 블로그를 먼저 보고 이달의 블로거의 포스팅도 보고, 나에게 서로이웃을 신청한 분들의 블로그도 본다. 네이버가 처음 등장했을 때 이 땅에 무림의 고수가 얼마나 많은지 깜짝 놀랐던 경험이 있다. 이웃 블로그들의 유려한 글솜씨, 전문 블로거들의 깊이 있고 유익한 포스팅에 자주 감동하고, 그 성실함에 박수를 보내곤 한다. 가끔 블로그에 일기를 쓰는 분들도 발견한다.

블로그 포스팅을 공개 일기처럼 쓰는 분들도 있다. 나와의 약속을 공개적으로 지키기 위해 블로그에 일기 쓰기를 실천하는 분들이 종종 있는데, 솔직하면서도 주관적인 감상들이 날것으로 그대로 드러나 있어 놀랄 때가 있다. 일기 스타일 블로그를 쓸 때에는 몇 가지 조심할 것이 있다. 가족의 실명을 공개하거나 지인의 사연을 너무 자세하게 표현하고, 과로로 링거 맞은 이야기나 투병 기록으로 아픈 이야기를 하더라도 병의 상태나 치료에 대한 정보가 아니라 내가 얼마나 힘든지 공감을 원하는 내용은 피하는 것이 좋다. 그런 이야기는 친구와 카톡으로 하는 게 훨씬 더 효과가 좋다.

내가 이런 이야기를 하면 지인들은 'T스럽다'고 하지만 아무래도 잡지 편집을 오래 하면서 대중을 상대로 하는 콘텐츠에 개인적 일상을 거르지 않고 드러내는 게 얼마나 위험한지를 알기 때문에 참을 수가 없다. 내가 이야기하지 않은 것을 남이 알기는 어렵다. 인터넷 세상에서 개인 정보 보호가 중요하다는 이야기에 폭풍 공감하면서 나의 개인 정보를 사방팔방으로 내가 다 내보내고 있다는 사실은 간과한다.

6단계만 거치면 온 세상 사람들이 모두 연결된다는 '케빈 베이컨 네트워크Kevin Bacon Network'를 생각하면 오늘 아침 올린 내 블로그 글을 지구 반대편의 누군가가 볼지 아무도 모르는 일. 너무 자세한 개인적 사실이나 부정적 생각을 담는 것은 조심해야 한다.

나 역시 블로그에 이런저런 일상을 올린다. 네이버 블로그팀에서는 각자 주력 분야를 정해서 전문적 포스팅으로 방향을 잡아주지만 관심의 안테나가 산지사방으로 향해 있는 데다가 관심별로 블로그를 따로 운영하기에는 기력이 딸려서 한 블로그에 나의 일상을 담고 있기는 하다.

이 역시 선택의 문제다. 단, 블로그는 나의 1인 미디어라는 생각을 갖고 세상 끝에서도 누군가가 볼 수 있다는 생각을 하면서 개인 정보를 보호하는 선상에서 가능한 한 문장은 완벽한 문장을 구사하고, 긍정적인 생각들을 담아내도록 노력해보자.

쓰고 나서

쓰는 것만큼 중요한 게 퇴고다. 일단 속도감 있게
쓰고 난 후 팩트를 꼼꼼하게 검증하고,
우리말이나 외래어 등의 맞춤법을 확인해서 공들여
쓴 글이 제대로 가치를 갖도록 마무리해야 한다.

팩트 확인

●

글도 숙성시켜야 맛있다

이 밤 그날의 반딧불을 / 당신의 창 가까이 보낼게요 / 음 사랑한다는 말이에요 / 나 우리의 첫 입맞춤을 떠올려 / 그럼 언제든 눈을 감고 / 음 가장 먼 곳으로 가요

아이유의 〈밤 편지〉를 가끔 듣는다. 특히 잠이 안 올 때 이어폰을 꽂고 노래를 듣다 보면 가사의 장면들이 영화처럼 눈앞에 펼쳐져 누군가를 사랑하는 이의 절절한 마음이 느껴진다. 그러다가 문득 '밤에 쓴 편지는 보내는 게 아니라던데.' 하면서 T적인 의식의 흐름이 시작된다.

밤에 쓴 편지는 별빛에 기대어 너무 감상적이고, 솔직하다. 연애를 하는 사이에는 약간의 긴장감이 감도는 밀당이 필요한데 그 균형 잡힌 긴장감을 밤 편지 하나로 무너트리기

십상이라서 그렇다. 지난밤, 문장은 달과 같고, 구절은 별과 같다는 월장성구月章星句를 썼다 해도 아침에 우체통에 넣기 전에, 또는 이메일 발송을 누르기 전에 다시 한번 읽어보고 보내야 한다.

글도 그렇다. 글을 쓰고 나면 반드시 퇴고推敲를 해야 한다. 생각보다 자신이 글을 잘 쓰더라며 세계적인 작가 도스토옙스키도 퇴고를 안 했다면서 '초고가 최선'이라고 우기는 분들도 있다. 도스토옙스키는 도박 중독이 심해서 다작을 할 수밖에 없는 상황이었고, 실제로 걸작으로 남은 《죄와 벌》《카라마조프가의 형제들》은 퇴고에 공을 들인 작품이라는 걸 알아야 한다.

단언컨대 글을 한 번에 써서 끝내는 사람은 없다. 글이 맞춤법에 맞는지, 문장이 이상하지 않은지, 사실 관계가 맞는지 등을 확인하는 건 기본이다. 내가 하고 싶은 말이 논리적으로 잘 쓰여 있는지, 누가 봐도 공감이 되는 내용인지도 살펴본다. 미진한 부분을 보충하고, 불필요한 부분을 정리한다. 단어나 문장이 중복 사용된 부분이나 형용사, 부사, 접속사 등이 과다하게 사용된 부분은 과감하게 삭제한다. 초고를 쓸 때는 우선 속도감 있게 쓰고 싶은 내용을 쓰고, 두 번째 과정에서 역사적 사실이나 객관적 사실들과 글에 사용한 숫자나 전문용어 등을 확인하는 것도 방법이다.

인터넷을 절대적으로 믿지 마라. 유튜브에 가짜 뉴스가 넘쳐나는 것처럼 인터넷에는 '카피 앤드 페이스트'의 과정에서 누락되고 오독되고 왜곡된 정보가 너무 많다. 꼭 사용하려면 세 번 정도의 검증을 거친다. 특히 누가 무슨 말을 했다는 인용이나 무슨 책에서 읽었다는 내용 중에 오류가 많다. 네이버에서는 한글로, 구글에서는 영어로, 때로는 번역을 거쳐서 그 나라 언어로 검색해서 사실 관계를 확인해야 한다.

○

3보 전진, 2보 후퇴

때로는 이 과정에서 글의 순서를 다시 구성하거나 아예 글을 다시 쓰기도 한다. 베르나르 베르베르는 《개미》를 쓰는 데 12년이 걸렸다고 한다. 17살 때 첫 원고를 쓴 후 12년에 걸쳐 A부터 Z까지 24개의 버전을 만들어 그 버전들을 모으고 나누는 과정을 반복한 끝에 최종적으로 발표한 게 우리가 아는 그 《개미》다. 그가 《꿀벌의 예언》에서 '인류는 3보 전진하고 나서 2보 후퇴한다. 그런 다음 또 다시 3보 전진하지만, 어김없이 2보 후퇴하게 된다. 결과적으로 인류는 뒷걸음질 치기보다 꾸준히 앞으로 나아가는 셈'이라고 했는데, 본인의 글쓰기가 바로 이 '3보 전진, 2보 후퇴'의 과정을 거치는 듯. 어니스트 헤밍웨이Ernest Hemingway도 《무기여 잘 있거라》를 "마지막 페이지까지 39번 새로 썼다. 초안을 쓴 뒤 계속 고쳐야 좋은 글이 나온다"며 "글쓰기란 새로 쓰는 것Writing is Rewriting" 이라 했다.

컴퓨터로 글을 쓰기 시작했던 90년대 초에 '한글' 프로그램을 썼는데, '덮어쓰기'라는 개념이 참 어려웠다. 마감 때 원고를 다 써놓고, '덮어쓰기'를 잘못해서 밤새 쓴 원고를 날린 적이 한두 번이 아니다. 그 후로도 키보드 잘못 건드려서 날아간 글을 다 합치면 소설책 세 권은 넘을 듯. 시간은 없는데 처음부터 다시 써야 한다는 속상함과 억울하지만 나밖에 원망할 사람이 없으니 복장이 터지는 순간이었다. 신기하게도 눈물을 삼키며 원고를 다시 쓰는데, 글이 오히려 전보다 더 잘 풀린 경우가 더 많았다. 연극이나 뮤지컬을 실제로 공연하기 전에 리허설을 하는 이유라 할까?

글쓰기를 연습하는 과정에서도 퇴고는 중요하다. 초고에서 재고까지 마친 후에 글을 읽어보는 연습도 필요하다. 고전학자이자 글 잘 쓰는 정민 교수는 '글을 쓰고 나면 무조건 세 번씩 소리내서 읽고 손을 본 뒤 아내에게 읽어달라고 부탁하는데 아내가 읽어가다 멈추는 곳이 있으면 그건 문장이 잘못된 거라서 그런 곳들을 한 번 더 고친다'고《한국의 글쟁이들》에서 퇴고의 습관을 이야기했다.

퇴고를 할 때 어딘가로 떠나는 작가도 있다. 누군가는 제주도, 누군가는 강원도가 퇴고의 장소가 되기도 한다. 내 경우에는 첫 책《언니의 아지트》를 내기 전에 의도치 않게 한 달 동안 영국에 머물게 되어 그곳에서 퇴고를 했다. 아이 학교 도서관이나 근처 카페에서 작업을 했는데, 공간이 달라지니 처음 글을 쓸 때와 감정도 다르고, 좀 더 객관적인 시각으로 글을 보게 되어서 첫 책이라 좀 욕심을 부렸던 부분들을 덜어낼 수 있었다.

○

문을 활짝 열고 글을 고친다

내가 쓴 글을 어딘가에 기고를 하거나 출판을 하는 경우에는 편집과 교정 담당자가 함께 퇴고하는 과정이 추가된다. 초보 작가들은 이 과정에서 자존심에 상처를 받는 일이 생기기도 하지만 '글을 쓸 때는 문을 닫을 것, 글을 고칠 때는 문을 열어둘 것'이라는 경구(리스본의 주간 잡지 편집장 존

굴드John Gould가 스티븐 킹Steven King에게 했다는 조언)를 떠올려야 한다.

최근에는 서평단에게 아마추어 편집자의 역할을 맡기는 사례도 생겼다. 김진명 작가의 《고구려》를 출간한 이타북스는 출간 전에 독자 10명을 선정해 오탈자를 바로잡는 책 교정에 참여시켰다. 편집부에서 3교를 봐도 놓치는 오탈자를 마니아 독자가 찾아내게 하니 일거양득의 참신한 독자 참여 마케팅이라 할 수 있다.

이 과정은 맞춤법, 사실 관계 확인, 논리 전개의 유연함 등을 객관적 시각으로 확인하고 앞에 사용한 에피소드를 중복 사용한 건 없는지, 책 전체를 통해서 용어를 통일감 있게 사용했는지 등 전문적 검증을 진행하는 것이므로 독자가 읽기 편하게 글이 다듬어진다.

꼭 출판을 하지 않더라도 주변 사람들에게 원고를 보여주면 미처 생각지 못한 논리의 오류라든가 내 눈에 안 보이는 오탈자를 발견할 수 있으니 글 쓰는 입장에서는 꼭 거쳐야 할 과정이다. 이렇게 글을 쓰고나서 시간을 두고 보고 또 보는 것이 중요하다. 김치나 장류, 고기까지 '숙성'이 최근 식문화계의 키워드인 것처럼 글도 시간과 공을 들여 숙성시켜야 더 맛있고 사람 몸에 유익하다.

맞춤법, 띄어쓰기

•

연인을 확 깨게 하는 오탈자

활자로 인쇄되어 있는 것들은 모두 읽어야 마음이 놓이는 심리상태를 활자 중독이라고 한다. 요즘은 인터넷의 일상화와 태블릿이나 스마트폰 등의 다양한 기기에 뜨는 문자들도 포함하지만 예전에는 종이에 인쇄된 책이나 신문 등을 읽는 데 심하게 집중해서 다른 일을 소홀히 할 정도를 표현하던 거라서 기자들은 모두 활자 중독자라는 이야기를 자주 했다.

교정부가 아예 따로 있는 일간지 기자들과는 달리 월간지 기자는 원고 작성과 교정, 편집 과정을 모두 주도적으로 진행한다. 내가 쓴 원고에 편집장이나 교정자가 체크한 내용을 확인하고 수정해서 디자인팀에 넘기는 걸 직접 해야 해서 누구보다도 활자에, 맞춤법에 민감하다.

편집장과 교정자를 거쳐 빨간 펜 자국으로 딸기밭이 되어 온 원고에서 맞춤법과 띄어쓰기 교정사항을 점검하면서 잘못된 내용을 확인하고 다음 원고에서는 그 단어에 신경을 쓰게 된다. 그렇게 최신 맞춤법과 습관처럼 잘못 쓰는 띄어쓰기 등을 교정 받다 보니 몇 년 후에 선배가 되고, 편집장이 되어서 후배들의 원고에 가차 없이 빨간 펜을 들게 된다. 그 습관은 후배 원고에서 더 나아가 엘리베이터, 남의 화장실에까지 미친다.

엘리베이터를 타면 '사고 시 유의사항'이나 단수 예정이라고 붙은 알림판을 열심히 읽는다. 지하철에서는 문에 쓰여 있는 시는 물론이고 고혈압 환자를 위한 신약 임상실험 참가 모집 광고까지 하나하나 다 읽는다. 카페 화장실에서도 휴지를 변기에 버리지 말라는 내용을 곱씹어 읽으며 외국에서는 그런 이야기가 없는데, 유독 우리나라만 변기에 휴지를 버리지 말라고 써 있는 이유가 우리나라 건물에 있는 화장실들은 모두 수압이 낮아서일까? 3겹 화장지 같이 너무 좋은 휴지를 써서 그런 건 아닐까? 궁금해한다. 그러면서 그 글의 맞춤법과 띄어쓰기를 확인한다. 가끔은 틀린 부분을 펜으로 수정해놓고 나오기도 한다. 스스로 생각한다,

이건 병이야.

모 결혼정보회사에서 미혼 여성을 대상으로 '연인에게 확 깨는 순간'에 대해 설문조사를 했더니 '맞춤법을 몰라 보내는 문자마다 틀릴 때'가 40%로 1위를 차지했다는 기사를 보고 내가 비정상은 아니구나 싶어 안도했다. 나는 내가 사랑하는 친구와 지인들과 SNS를 하면서 내 머릿속의 빨간 펜 선생님이 불쑥불쑥 튀어나오려는 자제하는 게 아주 힘들다. '오랫만에 친구를 만났다'고 반가웠던 내용을 올린 친구의 포스팅에 '오랫만에'가 아니라 '오랜만에'라고 써야 한다고 댓글을 쓰고 싶어서 손가락이 스멀거린다. 공연 티켓 예약이 힘들었다고 포스팅을 하면 친구가 '그러게. '금새 다 매진이더라' 고 댓글을 올리는데 또 손가락이 스멀거린다. '금세'라고 써야 한다고.

*** 자주 틀리는 것들

금새->금세 / 나중에 뵈요->나중에 봬요 / 벗꽃->벚꽃 / 않하고->안하고 / 않돼->안돼 / 어떻해->어떡해, 어떻게 해 / 왠만하면->웬만하면 / 왠일인지->웬일인지 / 왠 떡이야->웬 떡이야 / 웬지-> 왠지(왜 그런지 모르게) / 오랫만에->오랜만에 / 오랜동안->오랫동안

○

맞춤법도 시대에 따라 바뀐다

하지만 나의 빨간 펜도 늘 옳은 것은 아니다. 국립국어원에서 십 년에 한번 꼴로 맞춤법 기준을 바꾸기 때문이다. 초등학교 시절부터 받아쓰기에는 자신이 있어서 시험 볼 때 '설겆이' '미류나무' '하옇든' '삭월세' '몫돈' '몇 일' 등 난이도 상 수준의 단어들이 나오면 희열에 가까운 감정을 느낄 정도로 국어 실력에 자부심이 강했던 내 날개가 처음 꺾인 것은 1988년이었다.

당시 문교부에서는 '표준어는 교양 있는 사람들이 두루 쓰는 현대 서울말', '표준어를 소리대로(표음주의) 적긴 하나 어법에 맞게(표의주의) 적는다'는 등의 원칙에 따라 '설겆이'를 '설거지'로, '아뭏든'을 '아무튼'으로, '~읍니다'를 '~습니다'로 하루 아침에 바꾼 것. 종교처럼 믿고 맹신하며 거침없이 빨간 펜을 휘두르던 내게 그 발표는 믿는 도끼에 발등 찍힌 듯, 마른 하늘에서 소나기가 내린 듯 청천벽력이었다.

놀라움을 추스르고 쉽고 편한 새 맞춤법에 어느 정도 적응이 되었나 싶었는데 2011년 국립국어원은 '국민 실생활에서 많이 사용되지만 표준어 대접을 받지 못한 단어 30여 개를 표준어로 인정'했고, 2014년에 몇 개 더 추가했다. 개발새

발-괴발개발, 개기다-개개다, 내음-냄새, 먹거리-먹을거리, 오손도손-오순도순 등의 어휘가 추가로 표준어로 인정되었다. 맞춤법이란 게 세상의 변화에 따라, 더 많은 사람이 편하게 사용할 수 있는 방향으로 바뀌다 보니 이렇게 깜짝깜짝 놀랄 때가 많다.

'달디단 밤양갱'이 아니라 '다디단 밤양갱'이다. '설레임'은 '설렘', '바램'은 '바람'으로 써야 한다. '자장면'은 오랜 숙고와 토의 끝에 '짜장면'도 맞는 것으로 했다. 내 맘에 들든 안 들든 약속은 약속이니, 이미 알고 있다고 생각한 것도 수시로 사전을 찾아보고 확인하는 습관이 필요하다. 적어도 연인이 확 깨지 않게 하려면.

○

오해를 만드는 띄어쓰기

띄어쓰기 역시 만만치는 않다. 최근에 문자나 카톡으로 의사소통을 하는 경우가 많은데, 급하게 써서 보내느라 띄어쓰기를 잘못해서 뜻이 완전히 달라진 문장들이 화제가 되었다. '아버지 가방에 들어가신다.' 수준을 넘어선 것들은 다음과 같다. '너무 심했잖아 / 너 무심했잖아' '언제나 사랑해 /

언제 나 사랑해' '회 사줄께 / 회사 줄께' '아 가라구요 / 아가라구요' 등 앞뒤 문맥을 살피지 않으면 오해가 생길 수도 있다는 이야기인데, 이 정도는 다들 웃고 넘어갈 수 있는 수준이다.

띄어쓰기는 사용하는 경우에 따라 문장 속에서 품사가 달라지기도 해서 아주 복잡하다. 간단하게 설명하자면 '각 단어는 띄어 쓴다'는 게 기본이고, 조사는 앞말에 붙여 쓰고, 의존명사는 띄어 써야 한다. 단위를 나타내는 명사도 앞말과 띄어 쓴다. '도와주다, 빌려주다, 숲속, 머릿속, 치즈떡볶이, 특성화고등학교' 등의 복합어, '아침은커녕, 할 수밖에 없다, 중국밖에 없다' 등의 조사와 '백 원어치, 감독의 지휘하에' 등은 붙여 쓰고, '홍길동 님'처럼 사람 이름 뒤, '좋을 텐데, 멋을 것, 추운 데에 가면(장소의 뜻), 점심을 먹은 지(시간의 뜻)' 등의 의존명사는 띄어 쓴다는 정도만 상식적으로 알고 있으면 된다.

용어 선택

●

'커피'는 맞고, '밀크'는 틀리다

편집장이 되니 내가 원고를 쓰는 일보다 기자들이 쓴 원고를 보는 일이 더 큰 일이 되었다. 원고를 검수할 때는 기사의 방향성이 맞는지, 취재의 생동감이 살아 있는지, 문장이 유려하게 흘러가는지 등을 본다. 어떤 원고는 읽으면서 기자의 글솜씨에 감탄하고, 어떤 원고는 빨간 펜으로 난도질을 하기도 한다. 난도질을 하는 경우는 크게 두 가지다.

첫째는 기획 기사나 인터뷰를 주로 하는 기자들의 글에서 자주 보이는데, 사자성어나 어려운 철학 용어들이 많이 나와 글이 심하게 현학적이어서 한 단락 읽기가 어려운 경우다. 취재원이 그 단어를 사용했으니 그대로 옮기는 것은 맞지만 독자가 인터뷰 기사를 읽으며 뜻을 모르는 상태로 글을 이해할 거라 기대하면 안 된다. 독자를 상대로 쓰는 글은 어떤 글이든 기본적으로 친절해야 한다. 사자성어 옆에는 한자 표기를 하고 괄호 안에 설명을 짧게 넣는다. 철학 용어도 마찬가지다. 가능한 한 글에 설명을 녹이는 게 우선이고 어려우면 이것도 괄호를 사용한다.

두 번째는 외국어와 외래어를 무분별하게 많이 사용한 경우다. 버스, 라면, 패션, 커피처럼 외국에서 들어온 말이지만 우리말로 대체할 단어가 없어 그대로 사용하고 있으면 국립국어원에서 외래어로 규정하고 그대로 표기한다. '밀크'는 '우유', '엘리베이터'는 '승강기'라는 대체어가 있으니 우리말 규범 표기에 맞게 사용해야 한다.

○

규범 표기가 어색한 라이프스타일 용어들

패션 미용 음식 관련 기사에 많이 나타난다. 이른바 '보그체'라 해서 두어 줄 사진설명에도 토씨만 빼고 외국어와 외래어를 주로 사용한 글이 많다. 외국어 표기를 우리말로 모두 순화하는 건 쉽지 않다. '스타일리스트'를 '코디네이터'라는 일본식 용어로 쓰다가 '맵시가꿈이'로 순화해서 쓰자고 했지만 어느결에 '스타일리스트'가 외래어 표기 용례에 들어갔다.

패션, 스타일, 액세서리 등은 외래어라서 아무렇지도 않게 쓰지만 '블랙 앤 화이트'를 '검은색과 흰색'이라고 쓰면 '에지edge'가 없다는 것. 실제로 '시크하다'는 말은 '세련되고 멋있다'는 뜻으로 광범위하게 쓰이는데, 한글 규범 표기는 미확정 상태다. 패션 잡지에서 에지가 없는 건 용서가 안 된다는 패션 담당 기자의 손을 들어주게 된다.

음식 기사의 조리법에 '오뎅'이 등장하면 또 긴장하게 된다. '오뎅'은 비표준어이니 '어묵'으로 순화하라고 국립국어원에서 이야기하지만 일부에서 '오뎅'과 '어묵'은 다른 음식이라는 지적이 나오면서 갑론을박 중이기 때문에 조리법을 다 읽어보고 재료인지, 조리된 음식인지를 확인하고 그에 맞게 표기해야 하니 매번 난감하기 짝이 없다. '앞으로 오뎅 요리는 하지 말자'며 우스갯소리를 하기도 한다.

하지만 영어 발음과 차이가 큰 일본식 표기는 외래어표기법에 맞게 수정해서 '가디건'은 '카디건'으로, '잠바'는 '점퍼'로 바꾼다. 최소한의 규범 표기는 지켜야 하니까.

가끔은 아름다운 우리말 단어를 사용한 원고에 박수를 치기도 한다. '틈이 있는 곳마다 모조리 더듬어 뒤지면서 찾는다'는 뜻을 갖고 있는 '톺다'를 활용해 '톺아보자'고 한 것이나 '여러 겹으로 얼어붙은 얼음'을 뜻하는 '너테', '오래 써서 끝이 다 닳은 물건'인 '모지랑이', '아침에 깨었다가 다시 드는 잠'인 '두벌잠', '여럿이 매우 가깝게 다가붙은 모양'을 나타내는 '다붓다붓', '모양이나 차림새 따위가 아담하고 깔끔하다'는 뜻의 '깔밋하다' 등의 우리말이 보이면 이런 멋진 단어를 찾아낸 기자를 칭찬하고, 나도 내 단어 폴더에 저장해두고, 호시탐탐 써먹을 기회를 노린다.

에필로그

술술 읽히는 에디터의 글쓰기

편집부 막내로 들어가서 처음에는 신간 안내, 전시 소식 등 단신을 주로 담당했고, 그 후 10여 년은 기자로, 10여 년은 편집장으로 문학, 미술, 인테리어, 요리, 패션 등으로 분야가 바뀌었다. 편집장도 가끔 취재를 하곤 했으니 20년 이상 잡지에 게재할 글을 쓰면서 '기자(에디터)로서의 글쓰기'가 왜 다른지 생각해봤다.

○

발로 뛰는 취재

가장 중요한 건 취재 노트. 잡지에 소개하기 위해 만나기 어려운 사람, 가기 힘든 공간, 맛보기 힘든 음식 등 일반인으로서는 경험하기 어려운 귀한 경험을 많이 했다. 하루 평균 대여섯 개의 행사에 참석하고, 미팅을 위해 파인 다이닝 레스토랑과 인기 카페들을 다니곤 했다.

대중에게 공개하기 최소 한 달 전에 수많은 미술 전시와 신제품 론칭, 공간 오픈 보도자료를 받았고, 프리미엄 유료 사이트들을 통해 최신 해외 소식을 접했다. 요즘 매체에 소개되는 해외 미슐랭 스타 레스토랑도 십수 년 전에 다 다녔을 정도다. 정보를 남보다 먼저 알게 되니 준비할 시간이 더 많아 상황을 바라보는 안목이 더 넓어질 수밖에 없다. 예를 들어 그리스 음식 전문점이 오픈한다는 소식을 미리 알고 있다면 비슷한 수준의 비교할 만한 다른 식당에 들러보고, 그리스 음식문화에 대한 공부를 할 시간 여유가 있으니.

취재 현장에서는 꼼꼼하게 관찰하고, 취재원에게 시시콜콜한 것까지 물으며 진위 여부도 확인하고, 취재의 방향을 결정했다. 취재가 잘 되면 현장을 떠나는 길에 제목이나 첫 문장이 떠오르곤 했다.

○

남다른 특종

월간 《행복이 가득한 집》 편집회의 시간에는 잡지를 보는 것만으로도 안목이 높아지고, 생활의 지혜가 생기고, 함께 사는 세상에 대한 의견이 생기는 기사를 고민했다.

건축가나 아티스트, 디자이너가 직접 꾸미고 사는 아름다운 집을 소개하거나 명문가의 손님 초대 음식을 소개하는 게 우리가 인정하는 '특종'이었다. 그런 기사를 만드는 과정 자체가 세상 공부였다. 내가 본 멋진 공간, 내가 먹어본 맛있는 음식, 내가 들은 세상사는 지혜를 어떻게 해야 독자에게 제대로 잘 전달될지 취재 전부터 공부를 했고, 취재할 때는 정신을 바짝 차리고 시시콜콜한 것들을 확인했다. 그리고 몇 날 며칠을 고민해서 기사를 쓰곤 했다.

○

나만의 글을 찾아서

당시 편집부에는 10여 명의 기자들이 함께 작업을 했다. 잡지에서 다루는 인테리어, 패션, 요리, 아트 등의 분야별로 담당 기자들이 있는데, 그중에는 글을 잘 쓰거나 화보 진행을 잘 하거나 인터뷰 섭외를 잘 하는 등 각자 특별한 부분들이 있었다. 입사 전부터 모 선배의 인터뷰 기사에 외경심을 품었던지라 입사해서 한동안 그 선배의 글쓰기를 따라 했다. 어느 날 편집장님이 "A기자처럼 쓰려고 하는데, 그런 식으로는 백 년이 가도 잘 쓸 수 없다. 자기만의 글쓰기를 찾아내야 한다"고 이야기를 하셨다. 그 후로는 사심을 버리고 덤덤하게 기사를 쓰면서 '나만의 글'이 언제 하늘에서 떨어질지를 기다리고 살았던 듯하다.

글이 그나마 나아진 건 입사 3년쯤 지나서다. 간단하게 작가 인터뷰를 썼는데 편집장도 "재미있다"고 했고, 동료들도 "좋다"며 어깨를 툭툭 쳐주었다. 복도에서 만난 사장님이 "그 인터뷰, 잘 썼더라"고 칭찬을 해주셨다. 입사 후 사장님 칭찬을 받은 게 처음이고, 그것도 기사에 대한 칭찬이라 얼굴이 빨개지면서 기분이 너무 좋았다. 그즈음부터 글 쓰는 게 즐거운 일이 되었다.

지금도 지인들과 같이 행사에 가거나 여행을 가더라도 기자 시절의 오감과 육감이 작동해서 궁금한 것은 물어보고, 모르는 것은 찾아보고, 기억하기 어려운 것은 사진을 찍어두는 등 취재를 열심히 한다. 취재 없이 기사는 없다.

○

마감 인생

'마감'을 국어사전에서 찾으면 '하던 일을 마물러서 끝냄', '정해진 기한의 끝'이란 설명이 나온다. 영어사전에서 찾으면 더 무섭다. '데드라인Deadline'. 은행도, 식당도 마감을 한다. 하루의 매출과 사건·사고를 정리하는 시간이다. 하지만 글 쓰는 세계에서 사용하는 '마감'이란 단어는 훨씬 더 강압적이다. '마감'이란 단어를 앞에 두고 뭐라도 써내야 하기 때문이다.

어쨌든 1990년에 월간 《행복이 가득한 집》 기자로 시작해 20여 년간 매월 마감을 하며 살았다. 처음 3년 동안은 원고지에 글을 썼다. 첫 출근 날, 잡지 제호가 인쇄된 누런 원고지 더미와 검은색 플러스 펜을 몇 박스 받았다. 칸칸이 줄이 쳐진 원고지의 거친 촉감은 좋았지만, 원고지 빈칸이 주는 압박감은 가히 엄청났다. 마감이 다가올수록 책상마다 구겨진 원고지가 쌓여갔고, 배달로 시켜 먹다가 흘린 짬뽕 국물과 커피 가끔은 자다가 흘린 침 자국으로 원고지는 너덜너덜하고 지저분해졌다. 하룻밤에 300매를 쓰고, 250매를 버리느라 다시 밤을 새우던 기자도 있었다. 새로 받은 원고지 묶음의 두께가 줄어드는 걸 보면 마감이 끝나가는 걸 확인했다.

돈빚만큼이나 무서운 게 글 빚이라고 마감일이 다가올 수록 잠을 자도 자는 게 아니었다. 예닐곱 명의 기자가 나란히 앉아서 각자 맡은 꼭지의 원고를 써야 잡지가 나오는 시스템이라서 내 원고를 남이 써줄 수 없다. 원고를 못 쓰면 "그 페이지에 네 얼굴 사진을 큼직하게 넣겠다"는 가시 돋힌 말이 오고 갔고, 부모님이 돌아가셔도 내 원고는 써놓고 가야 했다.

다른 잡지보다 하루라도 늦게 서점에 풀리면 판매율에 엄청난 차이가 나는 시기였다. 그렇다고 무조건 일찍 낼 수도 없는, 잡지계의 불문율 같은 게 있어서 잡지는 매달 그 날짜에 반드시 나와야 했다.

○

마감만 하면…

그런 까닭에 20여 년을 매달 마감하는 기자 생활을 하면서 얻은 건 "마감이다" 그러면 글의 품질에는 차이가 좀 있어도 뭐든 써낸다는 것. 반대로 생각하면 마감이 있어야 글이 써진다는 말도 된다. 사람마다 차이가 있어서 마감에 강해서 줄곧 노는 것처럼 보이다가 책상에 앉으면 순식간에 글을 써내는 사람이 있고, 2주에 걸쳐서 조금씩 차곡차곡 글을 쌓아놓고 퇴고에 퇴고를 거듭해서 글을 내는 사람이 있다. 누가 더 낫다고 할 수는 없다. 마감만 맞추면 된다.

마감의 속도에 차이가 나는 건 글 쓰는 속도의 개인적 차이도 있지만, 그보다는 사전에 취재를 얼마나 잘했는가에 달려 있다. 취재를 꼼꼼히 했으면 글머리 잡기가 쉽고, 빼곡한 취재 노트를 들춰가며 앞뒤 구성이 끝나자마자 원고가 달려갈 수 있는 것. 취재 마치고 나오는 길에 기사의 제목이 떠오를 때가 있는데, 그러면 원고 반은 다 쓴 거나 다름없다.

반면에 아주 친한 사람을 인터뷰했거나, 어떤 특별한 이유로 잘 쓰고 싶다는 욕심이 드는 때가 있는데, 그 원고는 사전 취재의 꼼꼼함과는 별도로 고생길이 훤하다. 편집장의 온갖 잔소리를 들어가며 인쇄소로 넘기기 직전에 겨우 마무리하는 원고가 바로 이런 원고다. 신기하게도 그 날짜가 되면 모두 원고를 다 제출했고, 모든 페이지에 우리 얼굴 사진이 아닌 글씨가 인쇄되어 나왔다.

물론 마감을 하면서 즐거운 부분도 있다. 마감만 하면 어디든 여행을 떠날 수도 있고, 밀린 잠도 푹 잘 수 있다는 희망고문이 마감을 버티게 한다. 막상 마감하자마자 다음 달 기획회의를 해야 하지만. 가족보다도 많은 시간을 함께하는 동료들과 야식을 뭘 시킬까 머리를 맞대고 고민하고, 플러스 펜을 충분히 채워놓지 않은 총무부를 도마 위에 올려놓고 배차의 불평등함에 대해 묵힌 불평불만이 터트리는 것도 이때.

원고를 다 쓰고 프린트 버튼 누르고 가지러 갔다가 먼저 나와 있는 원고나 교정 언니 책상에 올려져 있는 원고를 슬쩍 보고 때로는 안도의 한숨을, 때로는 부러움의 한숨을 쉬던 기억.

어쩌다 일찍 퇴근했다가 다음날 일찍 출근했을 때의 그 풍경, 그 공기를 기억한다. 지난밤의 치열한 전투의 기운이 채 사라지지 않아서 책상마다 원고와 책들, 커피 컵과 휴지가 꽉 차 있고, 퇴근할 때 있던 그 자리에서 허리만 굽힌 채 엎드려 자고 있는 후배의 모습, 야식으로 먹은 라면과 짜장면 냄새에 사람의 몸에서 나온 고단한 체취까지. 밤새도록 책상에서 각자의 우주를 하나씩 만들던 시간이었다.

○

객관적이고, 공정해야 한다

원고를 쓰면서 가장 신경을 쓴 것은 저널리즘의 원칙에

따라 내가 쓰는 모든 기사는 객관적이고, 공정해야 한다는 것이었다. '최고' '제일' '가장' 등의 단어는 무조건 빨간 줄이었다. 내가 열심히 취재해서 정말 좋은 물건이라고 생각해도 세상 어딘가에 그보다 나은 물건이 있을 수 있고, 제조사에서 '세계 최초'라 해도 자세히 파 들어가 보면 미세한 한 분야에서만 '세계 최초'인 경우가 있다 보니 그런 단어를 제품 전체에 덮어서 함부로 쓰는 건 위험한 일이었다.

맛있는 이탈리안 식당을 소개해도 한 곳만 독점 취재하는 것보다는 '새로 생긴 곳', '파스타가 맛있는 곳', '오너 셰프가 산지 직송 재료를 사용하는 곳' 등 분야별로 나누고 모아서 서너 곳을 함께 소개해야 한다. 요즘은 한 회사의 제품으로만 서너 페이지를 제작하는 애드버토리얼 기사가 많아졌지만 예전에는 패션 화보를 촬영할 때도 한 브랜드의 제품으로 통일하면 큰일 나는, 그런 분위기였다. 에르메스 블라우스에 유니클로 팬츠를 입힐 수 있는 소신 있는 스타일링 감각이 인정받던 시기였다(아, 당시에는 리빙, 패션, 푸드 모두 기자가 직접 소품 섭외해서 스타일링하는 게 일반적이었다).

《데코 휘가로》 편집장일 때는 네 명의 미식 전문가를 모시고 블라인드로 식당 네 곳을 평가하는 기사를 기획했다. 전문가들에게 모든 식비를 제공하고 공정한 평가를 받아 조정 없이 그대로 내보냈는데 상대적으로 평가가 낮게 나온 식당 사장님이 나에게 전화를 해서 불평을 했다. 기자와 함께 찾아가서 기획의도를 설명하고, 우리의 공정성을 인정받기 위해 '블라인드 테이스팅'을 제안해 날짜까지 잡았는데, 그 이후로 그 사장님 연락이 안되었던 기억도 있다. 우리는 이후로도 그 꼭지를 똑같이 계속 진행했다.

두 번째는 원고의 첫 번째 독자인 편집장이었다. 편집장은 나의 기사를 정해주고, 톤을 잡아주는 원고 감리자이기도 하다. 잡지의 방향성에 잘 맞는지, 기자가 잘못 알고 쓴 부분은 없는지 객관적 시각에서 보고, 전체 글에 대한 의견을 제시해서 글이 균형감각을 유지하게 해준다.

○

마지막 검열관, 독자

잡지 기사의 마지막 검열관은 바로 독자다. 독자들의 반응은 판매율로도 알 수 있지만 구체적인 건 독자엽서다. 잡지 안에 끼워 제본하는 독자엽서는 많을 때는 수백 장, 적을 때는 수십 장인데 가끔씩 엽서를 뜨개질로 장식하거나, 오래된 사진들로 콜라주하거나, 깨알 같은 글씨로 빼곡하게 사연을 적어 보내온 독자들이 있었다. 잡지가 나가고 일주일쯤 지나면 독자엽서가 오는데 거기에 하염없는 칭찬의 글도 있고, 신랄한 비평의 글도 있다. 내가 쓴 기사에 대한 코멘트가 있으면 칭찬이건 욕이건 그렇게 반가울 수가 없다. 관심이 없으면 할 수 없는 일이니까. 그분들이 해준 이야기는 다음 원고 쓸 때 계속 생각이 나고, 힘이 된다.

층층시하의 검열 과정을 거치면서 기자의 원고는 읽기 쉽고 균형 잡힌, 제대로 된 좋은 기사가 된다. 그 시절 덕분에 오늘의 내가 있는 거니까. 이제는 어떤 검증 과정도 거치지 않고 내가 쓴 글이 세상에 바로 나가니 편하고 자유롭긴 하지만 내 글에 대한 객관성이나 정확성을 확신할 수가 없다. 그래서 가끔은 예전 검열관들이 다시 나타나 군데군데 딸기 한두 송이를 달아줬으면 할 때가 있다. 빨갛고 싱싱한 것으로.

글을 쓸 결심

초판 1쇄 발행 2025년 1월 7일
지은이 신혜연

펴낸곳 책책
펴낸이 선유정
편집인 김윤선

디자인 아트퍼블리케이션 디자인 고흐
교정 노은정

출판등록 2018년 6월 20일 제2018-000060호
주소 (03088)서울시 종로구 체부동 173
전화 010-2052-5619
인스타그램 @chaegchaeg_book
전자주소 chaegchaeg@naver.com

ISBN 979-11-91075-19-9